离岸

魏一言 著

长江文艺出版社

图书在版编目（CIP）数据

离岸 / 魏一言著. -- 武汉：长江文艺出版社，2025. 6. -- ISBN 978-7-5702-4009-8

Ⅰ. I247.5

中国国家版本馆 CIP 数据核字第 2025R4B309 号

离岸
LI AN

责任编辑：朱嘉蕊	责任校对：程华清
封面设计：沈 妄	责任印制：邱 莉 胡丽平

出版： 长江出版传媒 | 长江文艺出版社
地址：武汉市雄楚大街 268 号　　邮编：430070
发行：长江文艺出版社
http://www.cjlap.com
印刷：武汉首壹印务有限公司

开本：880 毫米×1230 毫米　　1/32　　印张：7.375
版次：2025 年 6 月第 1 版　　　　2025 年 6 月第 1 次印刷
字数：159 千字

定价：48.00 元

版权所有，盗版必究（举报电话：027-87679308　87679310）
（图书出现印装问题，本社负责调换）

目 录
CONTENTS

第一章　超市 / 001

第二章　生日 / 011

第三章　偶遇 / 022

第四章　出局 / 030

第五章　闲言 / 038

第六章　失态 / 047

第七章　广告 / 062

第八章　裂痕 / 073

第九章　远方 / 084

第十章　合同 / 094

第十一章　诉讼 / 104

第十二章　死角 / 113

第十三章　权衡 / 121

第十四章　归来 / 131

第十五章　预算 / 140

第十六章　针对 / 154

第十七章　代言 / 164

第十八章　暗战 / 176

第十九章　谈判 / 190

第二十章　手术 / 201

第二十一章　错位 / 209

第二十二章　天涯 / 217

后记　自由从不在他处 / 226

第一章　超市

"这世界就是一个巨大的营销战场,人们都是消费者,也都是推销员。"

这句话出自知名食品公司蓝海集团市场营销部总监顾清昀之口,之所以能在业界流传至今,不仅因为它将营销的价值提升到了一个新的高度,更因为顾清昀的职业生涯本身就是一个传奇。

顾清昀,大专学历,销售出身,大学时期就靠着兼职做销售赚够了自己的学费和生活费,毕业后更是靠着堪称辉煌的业绩,连续六年稳坐蓝海集团销售部销冠宝座。

他用了六年时间,从最基层的一线销售岗,一步步爬到了蓝海集团销售部总监的位子。两年后,市场部原总监刘岩毫无征兆地离职,顾清昀临危受命,在关键时刻被委以重任,兼任了市场部总监,在一片怀疑的目光中,一举成为集团两大核心部门的掌舵人。

大卫·奥格威曾说,随便哪个傻瓜都能达成一笔交易,但创造一个品牌却需要天才、信仰和毅力。如果说顾清昀在销售部的成就还能归功于他丰富的基层经验，那么，他在市场部的成绩则彻底颠覆了人们对他学历和出身的所有偏见。在他的带领下，蓝海集团的全国市场份额在短短四年内从 0.7% 飙升至 4.7%，在食品行业市占率相当集中的激烈市场竞争中，硬生生夺取了整整 4% 的市场份额，在常温酸奶市场的市占率更是高达 16.7%，比顾清昀上任市场部总监前提升了近 10%。总而言之，顾清昀上任后的这四年，为公司带来了数亿营收不说，蓝海自此也不再仅仅是一家企业，而成为一个真正的品牌。

周六早晨八点多，距离蓝海集团最近的一家大型超市里，程思华扎着马尾辫，戴着黑框眼镜，穿着毛茸茸的中长款毛衣，踩着白色的过膝长靴，正迷迷瞪瞪地在新品区的货架之间穿梭，干净的小脸上一副还未睡醒的倦怠。她一把一把地抓起各种零食和饮料扔进了购物车里，边扔边低头看着手里的清单，嘴里嘟嘟囔囔，也不知道在嘀咕些什么，直到走到饮料区，看到旁边立着显眼的蓝海小粉罐酸奶的广告立牌，她这才停下脚步。

咦，这不是他们部门广告组新做出来的广告牌嘛！这几个家伙，效率真够高的。她有些得意地笑了笑，从货架上拿了两罐酸奶，丢进了购物推车零食间的缝隙里。

"程思华，你这是准备开杂货店吗？"

疑惑的声音从后方传来，有点耳熟，程思华被吓了一跳，猛地回头，果然是熟悉的高挺身姿和冷峻面庞，她的顶头上司顾清昀正盯着她那堆得像小山一样高的购物车。

"顾总，您怎么在这里？"

程思华瞬间清醒，扶了扶歪歪架在鼻梁上的黑框眼镜，眼里有些显而易见的惊慌。

"我怎么不能在这里?"顾清昀反问,他好整以暇地从货架上拿了一个粉色的瓶子,放进身侧的购物车里——顾清昀也推着一个购物车,不过在他的购物车里,目前为止,还只放了寥寥四瓶不同种类的饮料。其中一瓶正是旁边巨型广告牌上所展示的,他们蓝海这季度推出的销量表现非常不错的新品小粉罐——一款有燕窝成分的健康型常温酸奶,另外几瓶是几款其他企业生产的有相似之处的竞品饮料。

啧啧,看来顾总是"上班"来了,也是,他怎么会有时间大清早来逛超市。虽说程思华自己来采购实际上也是为了工作。

"您太敬业了。"程思华笑呵呵地拍了拍领导马屁,顾清昀没有回应。

看着顾清昀无动于衷的脸,她轻咳一声以掩饰自己的尴尬,又凑上前说道:"最近咱们公司还有同业推出了不少新品,我打算都买回去亲自品尝一下,正好家里零食储备不足,也是一举两得。"她努力露出一副尽量自然从而显得不那么谄媚的笑容,不过,顾清昀自始至终并没看她的脸,顾清昀异样的目光停留在她的购物车上。

程思华以为顾清昀怀疑她假公济私,用公款借工作之名自己给自己买零食,连忙解释:"顾总,这是买给我自己吃,当然都是我自费,嘿嘿。"

"这几包狗粮,也是你打算亲自品尝的吗?"顾清昀扬了扬棱角分明的下颚,示意了一下购物车"半山腰"的几包东西。

程思华一愣,抓起,盯着那几袋狗粮看了半天,脸涨得通红,把几袋狗粮胡乱放回了货架，小声解释道："我昨晚出方案加班到一点多，早上又起得早，头还有点昏，让您见笑了。"

"辛苦了。"顾清昀轻轻笑了一声，"是小蓝罐新品发布会的策划案吗？"

程思华点了点头："我这次审核得比较细，别的没什么问题，就是小蓝罐的目标人群和以往不同，这次的目标客群是中老年人，发布会上也邀请了三十位符合我们目标画像的客户，所以我修改了方案个别细节，周一我再拿给您过目一遍。"

"嗯。"顾清昀看着面前一排常温酸奶，又问道，"产品部那边你全程盯过吗？"

程思华心惊肉跳地看着顾清昀的侧脸，一时间不知道说什么是好，产品部？顾清昀可从来没吩咐过她要盯产品部呀。

见她迟疑，顾清昀转头看向她，眉头微皱："我跟你说过多少遍了，要深入客户和产品。下一次新产品研发，一定记得全程参与。方向、概念、品控、测试、上市，每个环节都必须参与进去。"

程思华心中一滞，这话顾清昀的确和她说过，只不过她以为自己喝几瓶小蓝罐，感受感受口味，再看看小蓝罐的包装、材质、配料，就已经算是深入产品了，没想到顾清昀所说的"深入产品"，竟是让她……如此深入。

她心里不由得暗暗吐槽，顾清昀这个魔头，她一个品牌组负责人，平时兼任了不少市场研究、活动策划、市场推广的工作不说，现在，连隔壁产品部研发新产品都要她全程参与，真是把她当成超人使唤。

吐槽归吐槽，她还是乖巧地连连答应："好的，没问题，顾总。"

一边应声一边拿出手机,习惯性把顾清昀刚才说的一串关键词记录在了手机备忘录里。顾清昀没再多说什么,又选了两瓶酸奶后,推着购物车径直往排队买单的地方走去。

程思华正思忖着是要跟上,还是假装还有东西没买,离老板远一点,分道扬镳,突然之间,"啊——"尖厉的叫声从右侧传来,几乎要穿透程思华的耳膜,她惊恐地抬头,只见硕大的蓝海集团小粉罐广告立牌被人撞到后正缓缓倒下,眼看就要砸向货架边站着的老太太身上。

程思华脑海里第一反应就是——完蛋了!

广告牌是广告组做的,广告组属于品牌部,她刚被顾清昀提拔为品牌部负责人,怎么推敲,这都是她的锅呀!

自己部门出的物料当着领导的面把人砸伤?还有比这更可怕的噩梦吗?

出于职场人的习惯,程思华的身体比大脑更快地做出了反应,她猛地扑上前去,挡在老太太身前,双手用力撑住了广告牌。

"嘶……"左手仿佛按到了什么尖锐的东西,是钉子,一股钻心的痛从手掌心传来,血,顺着广告牌滴滴答答流了下来,程思华仍然用力撑住,直至,一只大手扶住她的后背,顾清昀的另一只手和几个路人一起,把广告立牌扶正。

程思华忍着掌心的剧痛,疼得眼泪在眼眶里打着转,她看向身后扶着她站稳后手便立刻抽离的顾清昀,还以为顾清昀至少也会安慰她两句,没想到顾清昀似乎压根没注意到她受伤了,他面露愠色地看着被扶好后仍有些摇摇晃晃的广告牌,毫不留情地斥责道:"广告组这些宣传物料用的都是些什么劣质品,这就是你们花几千块做出来的东西?"

程思华受了伤,还挨了骂,心里顿时如同坠入冰窖一般。果然,顾清昀就是顾清昀,她实在不该期待一个向来冷漠向来毫无人性眼里只有工作的老板,能一反常态地对她产生什么同情之心。

"抱歉,顾总,我回去和他们商量一下怎么解决,一定会给您一个满意的方案。"她垂下头,低声道歉,往回缩了缩自己流血的手,也忍住了几乎要夺眶而出的泪水——她知道这些对顾清昀没用。

"嗯,下周解决掉。"

吩咐完,见程思华脸色苍白,眼里还有泪花,顾清昀心里正有些纳闷,一旁的老太太拿着包里好不容易翻出来的皱皱巴巴的纸巾凑上前来。

"姑娘,刚才谢谢你啊,你这手被钉子扎伤了,快用卫生纸包住,先止止血吧。"

顾清昀这才注意到程思华缩在身后的受伤的手掌心,他神色一凝,伸手拦住了老太太:"不能用纸巾。"随后,转头对程思华道:"去最近的医院,消毒,打破伤风。"

程思华本来想说不用,但是,在老板威严的目光下,她还是不由自主地习惯性点了点头,一个人朝着门外走去。

"等等。"

程思华回头,有些期冀地看着顾清昀,却听顾清昀淡淡地说道:"算工伤,记得开发票,回公司报销。"

"好的。"程思华心中气闷,托着血淋淋的手,大步走出超市,拦了一辆门口的出租车,独自前往医院去了。

她在医院上班似的老老实实打了破伤风，消了毒，开好了发票，然后直接从医院打车到了公司。路上，看着手上缠绕的纱布，心里有一瞬间的恍惚，她想起四年前决定实习生是否能够留用的那场关键的面试。

那天，面试的路上，她的手也受伤了，好吧，不只是手，她在骑自行车赶往公司的路上被另一辆摩托车撞伤，手蹭破了一大块皮不说，腿和胳膊也受了些轻伤。

那天，她也是托着疼痛的手，一身狼狈，慌慌张张赶到了面试现场，一进门就迎上了顾清昀因她迟到了几分钟而格外冷冽的眼神。

顾清昀坐在面试官的最中间，问坐在面前的七位实习生。

"假设你们服务于一个家居公司，一位刚装修完房子的客户有购买全屋家居用品的需求，前来公司一家门店采购房子里的各种家居用品，你们会怎么为客户设计购买方案，如何进行推销？"

听完顾清昀的问题，一个短发女生立刻举手说道："我会首先和客户进行深入的沟通，了解客户的预算以及其对家居风格的偏好，然后为客户量身定做一个家居方案，让客户在预算价格内享受到最优质的家居体验。我还会为客户准备一份详尽的清单，将公司优质的产品按照类别列出，展示公司优质产品的长板，说服让客户为最优质的产品付费，从而为公司谋取尽可能高的利润。"

另外几个实习生也争先恐后地讲述着他们打算如何向客户展示那些品质上乘的产品，如何合理规划客户的预算。

等六人都说完，程思华这才有些不自信地开口说道："我会从为客户省钱的角度出发……"话音刚落，旁边就传来低低的笑声，省钱？为客户省钱？另外几个实习生面面相觑，这可是做生意，不是做慈善，这个看起来一身凌乱还迟到了的女生可真是没水准呀，只怕是烂好人用错了地方。

程思华深呼吸，努力在大脑中屏蔽其他人发出的声音，她直视顾清昀的双眼，继续冷静地说道："前面的步骤我的想法和大家一样，先和客户做好沟通，获取基本信息，如果公司允许的情况下最好可以实地去看看，但是无论客户给什么样的预算，我都会在符合客户审美的前提下，尽量挑选物美价廉的产品，就和为自己家装修一样，对，就和为自己家装修一样。"说到这里，她的眼神越发坚定："我觉得，我们恰恰是要忌讳把客户当成傻子，这个世界上本身也不存在任人安排的客户，百花齐放的时代里，每个行业的竞争都越来越激烈，想要让客户付款，不断复购，让客户和亲朋好友去推荐我们的产品，只有真心为客户着想，把客户的家当成自己家去思考如何规划采买，才能真正赢得他们的信任，客户认可度变高，企业的口碑才能提升，而企业口碑提升能带来源源不断的客流，这，就会形成品牌，而品牌的价值，才是企业最大的价值。为了眼前的利益而牺牲品牌的口碑，公司不会有长远的发展。"

这番话说完，其余几个实习生脸色微变，顾清昀则是意味深长地看了程思华一眼："你说得不错，我们和客户之间最健康持久的关系，必然是双方的共赢。"

不知到底真是因为她面试时那番"为客户省钱"的发言触动了顾清昀，还是因为她的勤勉程度远超其他几位实习生，又或是因为她毕竟充当了顾清昀七个多月的廉价劳动力——其他实习生待了一两个月就待不住跑了。总而言之，程思华成了七个实习生里唯一一个通过了这场面试的人。顾清昀不但留用了她，还破格给了她市场部中要求最高、录取率最低的品牌经理岗的 offer。

说破格，是因为蓝海品牌经理岗的校园招聘要求虽然明面上写的是本科及以上学历，但在高学历泛滥的今天，以蓝海集团蒸蒸日上的发展势头和开出的高于同行的薪资，市场部下设的品牌部、产品部、市场研究部这几个核心部门，放眼望去，近几届加入的年轻人竟全是海内外名校硕士，没有一个本科生，更别提程思华这样普通一本的学历了。

省下两三年的读书时间，直接和这些名校硕士生站在了同一起跑线上，程思华本人当然喜不自胜，觉得自己实在撞了大运，她毫不犹豫地接下了这个 offer。

顾清昀对程思华无疑是有知遇之恩的，但这并不影响他在程思华眼中魔鬼般的形象。

程思华大学就读于普通一本东辰大学的商科专业，本科期间来到蓝海集团销售部实习，后在蓝海集团时而线上时而线下地实习了整整七个月。正是在这七个月内，顾清昀被任命兼任了市场部总监，有了市场部一定的人事决策权。在销售部时就一直为其打杂的程思华也因此跟着沾了光，和顾清昀一起去了市场部。

本科毕业正式入职后，面对一众名校高学历的同事，程思华心中不免有些学历上的自卑，担心自己与他人的差距过于悬殊，每天都第一个来，最后一个走，回家后也一心扑在自我提升上。好在上班没几个月，程思华就庆幸地发现，这些海内外的名校硕士生，似乎也不过如此。

从实习期开始程思华每天便被顾清昀呼来喝去，工作几年后这种情况甚至更加严重，她既是他手下二级部门的负责人，又充当着他工作中必须随叫随到的助理。

好在，她全身心扑在了工作上，工作也给了她相应的回馈。在蓝海集团的四年时光中，程思华在顾清昀的"折磨"下迅速成长，亲眼见证了顾清昀在蓝海集团创造的奇迹，并凭借出色的工作表现，连续获得顾清昀的提拔，二十五岁便成为市场部下二级部门品牌部的负责人。可以说，起点并不高的程思华，职场中每一步都刚好踩在了命运的节拍之上，在外人眼里，顺利得俨然如同一个童话故事。

第二章　生日

蓝海集团市场部，正是中午吃饭的间隙，闹哄哄的人潮直往公司电梯口挤。茶水间被市场部二十多个人挤满，众人都聚集在桌旁，手忙脚乱地拆着盒子，将盒子里12寸的蛋糕取出来摆在了桌面上。

实习生站在蛋糕旁，目光在蛋糕和满屋人之间游移，脸上露出了一丝忧虑："我是不是买得太小了？不知道这够不够大家分的。"

品牌战略组组长徐蓉蓉轻轻一笑，语气轻松地安慰实习生："别担心，大家聚在一起本来就不是来吃蛋糕的。每个人尝一点够了。"

"静姐，思华姐今天是多少岁生日来着？"周迪一边处理着垃圾，一边随口问身旁的广告组组长黄静。周迪是两个多月前刚刚加入品牌部的硕士应届生，至今公司里还有不少他不认识的人，对程思华也知之甚少，只知道程思华是他的顶头上司。

整个茶水间的空气有片刻安静，黄静顿了顿道："26岁。"

"什么？！"周迪蓦然停下手里的事，眼睛瞪大，"我以为思华姐……不，我还比她大两个多月，不该叫她姐，我以为程老师她只是看着年轻而已。"

"程老师是本科毕业，大三的时候还在公司实习过半年，当时带她的就是顾总，说起来，她是顾总唯一从实习生时期开始就手把手带起来的嫡系子弟，现在黎总一走，市场部副总监的位子空出来，可能不用多久，咱们程老师就坐上去了。"黄静眼帘低垂，语调平和地说道，对周迪的反应显然是已经习以为常。

程思华虽然年轻，却早早遇见了顾清昀这样一位贵人，短短四年就从品牌经理升至高级品牌经理、品牌战略组组长，如今又升到了品牌部负责人，眼看这样下去不出多久就要升至市场部副总，明明是同龄人，相比之下……周迪心里顿时有种说不出的滋味。程思华平日对他不错，言笑晏晏的姑娘看起来也一直挺可爱，没有任何领导的架子，但此刻，想起程思华脸上灿烂的笑，周迪突然不知为何，心里堵得厉害。

"每个人的路都不一样，羡慕也没用。不过她确实有拿得出手的成绩。"市场研究部负责人陈海超说道。他与程思华都是二级部门负责人，在工作上的交集不少，虽然对她的晋升速度感到羡慕，但他对程思华的能力真心认可。

黄静则轻轻一笑，如果她有顾清昀的提携和资源，她也能做出同样的成绩。当然，这话她没有说出来，只是在心里默默地想着。

"是呀，以思华的业绩，实至名归。"徐蓉蓉微笑着说道。众人的眼神挪到了徐蓉蓉脸上，待的时间久些的老员工眼里都露出了同情的神色，只觉得徐蓉蓉虽是在笑，笑容里却好似透着几分苦涩与无奈。

徐蓉蓉六年多前跳槽到蓝海集团品牌部，当时她30岁，已婚未育，几年来拼尽全力地工作，直到去年才敢怀孕。没想到的是，她付出高龄产子的代价，休了半年产假，回来却得知程思华坐到了品牌部负责人的位子——原本大家都以为这个位子会由更有资历的徐蓉蓉来坐，徐蓉蓉自己也不例外。谁又能想到顾清昀不走寻常路，破格提拔了程思华呢？这份工作来之不易，心中纵然有万般苦闷，徐蓉蓉也只能默默咽下，也算是尽心尽力地为程思华打着下手。

程思华此时还在工位上忙碌着制作部门下一季度的预算表，突然被走到身边的徐蓉蓉拉进了茶水间，看到茶水间里的场景，不由得愣住。

"哎呀，你们还真是……"反应过来的程思华脸色泛红，心中满是感动。这几个月实在太忙，忙到她自己都忘记了今天是她的生日，还是早饭时父母跟她说生日快乐她才想起。没想到部门里的小伙伴不仅记得，还为她准备了一个蛋糕。

陈海超从口袋里掏出打火机，轻巧地点燃了蛋糕上排列成一圈的蜡烛，脸上洋溢着笑容："程老师，生日快乐！快闭上眼睛，许个愿望吧。"

程思华轻轻吹熄了蜡烛，随后她的眼睛缓缓地合上，心中辗转又辗转，默默地许下了一个愿望。

当她的眼睑缓缓抬起，首先映入眼帘的是不知何时站在门外的两个男人的身影。透过茶水间的玻璃门，可以看到他们正在外面低声交谈。其中一位约莫五十岁的男士，正是蓝海集团的董事长梁永，程思华曾在公司年会上见过他的身影。另一位男士则十分陌生，挺拔的身形被一件精心剪裁的深色西装包裹着，深棕色的头发修剪得干净利落，看起来三十多岁，五官立体，单眼皮下深邃的眼眸温和中带了几丝锐利，有着一张被岁月雕琢得恰到好处的面容。男人的眼神正落在程思华的脸上，两人目光交汇的瞬间，程思华迅速移开视线。

梁永轻轻推开茶水间的门，带着身边的年轻男人走进来，一边低声向他介绍着设施："这里配备了咖啡机、微波炉、冰箱，还有各式各样的茶叶。这样的茶水间，公司每一层都设有两个。"年近五十的梁永身为集团董事长，却亲自陪同这位年轻男士参观这小小的茶水间。茶水间的员工们纷纷向梁永问好后，都好奇地打量着这位陌生男人。

梁永带着亲切的笑容，温和地询问："今天是有人过生日吗？"

"是的，梁总，是程思华老师，我们品牌部负责人，今天是她26岁生日呢。"徐蓉蓉立刻回答道，目光随即投向程思华。

闻言，梁永和身边的男人都露出惊讶之色。品牌部虽是市场部下二级部门，但也是个极其重要的部门，负责人竟然只有26岁？尽管程思华穿着一件简约风格的灰色西装，却依旧难掩身上的那份青春气息，她眼中流露出的单纯与快乐更是与她的职级形成了一种莫名的反差感。

梁永对程思华的名字并不陌生，知她是顾清昀提拔上来的人，只是他确实没有预料到程思华会如此年轻，甚至看起来还带有几分青涩。然而，蓝海集团并不是一家对年轻人才封闭晋升通道的传统企业，否则也不会有顾清昀这样的青年才俊和他们所创造的成绩。梁永心想，顾清昀看中的人必定有过人之处。于是，他带着和蔼的笑容说："思华，我听你们顾总提起过你，说你年轻有为，今天祝你生日快乐！"

徐蓉蓉神色微微一变，程思华则受宠若惊地看着梁永，在公司四年，虽然梁永的名字频繁地出现在她的文档、邮件、各类审批流程的终点环节以及茶余饭后的八卦中，然而，她从未有机会与梁永直接交流，更没想到顾清昀会在梁永面前夸赞自己。

"谢谢梁总，今天在这里能碰到您也是缘分，不妨和我们一起分享蛋糕吧。"程思华笑盈盈说道。她动作麻利地将蛋糕切成小块放在盘中，然后用两只手各端着一盘，分别递给了梁永和他身边的男人。

两三分钟后，吃完蛋糕，两人便离开了茶水间。在即将踏出茶水间的一刻，那位陌生男人微微停下脚步，他不经意地回过头来，投向程思华的目光分外幽深。程思华的太阳穴突突跳了两下。那一刻的她还未曾意识到，命运的齿轮正缓缓转动，平静顺遂的人生，终于从她26岁生日这天开始，涌动起了波澜。

随着两人的离开，茶水间很快又回到了先前的热闹与喧嚣之中。

周迪带着满眼的好奇，向身旁的黄静探询道："静姐，老板旁边的那位你认识吗？难道是我们公司新来的高管？梁总竟然亲自带他参观公司。"

黄静轻轻摇头："我反正不认识。"

"高管？我看这情况不太可能……"徐蓉蓉眼中闪过一丝狡黠，

她推测道,"能让梁总亲自陪同的人,更可能是我们的金主。我猜,要么是投资人,要么是某个大客户。"

程思华并没有过多纠结于那位的身份,或许是因为忙碌吧,她对八卦向来兴致缺缺,快速吃完了自己的蛋糕,然后说道:"你们慢慢吃,我下午还得提交下个季度的部门预算,得回去忙了。今天真的非常感谢大家!"

众人纷纷回应:"程老师辛苦了!"

"来来来,我们拍张合照吧。"徐蓉蓉提议,大家随即挤在一起,实习生拿起手机为众人拍了几张合影,而后发到了部门群里。

徐蓉蓉陪着程思华回到了她的工位,临别时还不忘细心提醒:"思华,工作再忙,也要记得按时吃饭。"

"蓉蓉姐,不用担心,我带饭啦,交完作业就去吃。"程思华嘴角上扬,眼中带着笑意,语气里透着对徐蓉蓉的感激和亲近。

随着程思华的匆匆离开,市场部原本热闹的二十多人也渐渐散去,只剩下零星几人,他们边闲聊边商量着一起出去吃午饭。

周迪的目光落在远处工位上独自忙碌的程思华身上,声音中带着一丝不确定:"可是……今天是程老师的生日,我们就这样去吃饭,不邀请她,真的合适吗?"

黄静嘴角挂着一抹意味深长的笑容,戏谑道:"你不了解,程老师可是个工作狂,每天中午都自己带饭。以前我们聚餐也从来没能邀请到她,要不然,怎么人家是我们的领导呢?"

面对几位老员工似笑非笑的微妙态度,再回想起他们刚才在程思华面前的热情表现,毕竟是初入职场的周迪感到了一丝紧张,他默默地咽了咽口水,决定保持沉默,不再多言。

程思华完成部门预算时已接近中午十二点半,她拿着妈妈早晨准备的盒饭,疲惫地走向茶水间。茶水间呈 L 形,拐角后有一排隐蔽座位,从茶水间另一侧和外面办公室都看不到。程思华拿着微波炉加热后的盒饭和水杯,坐在这排座位的最里面,戴上耳机,开始吃饭。

这个隐蔽的角落,是她每日午餐的"专属"之地。

手机振动了一下,程思华心中一紧,查看后发现还好不是客户也不是顾清昀,而是她的男朋友周泽楷——"宝宝,生日快乐呀,礼物已经在家门口啦!"程思华咬着嘴唇笑了,回了一连串可爱的表情包。

周泽楷是大她三级的大学学长,两人相识于程思华大一时参加的社团活动,没多久周泽楷就开始追她,那时候,刚满十八岁的程思华还从没谈过恋爱,情窦初开的年龄,长相帅气又会说话的周泽楷很快打动了她的心,两人顺理成章相恋了,如今已经不知不觉在一起整整七年。七年,那是程思华生命里接近三分之一的时光,周泽楷早已经成了她生活里的一种习惯。

毕业后,周泽楷去了一家投资银行,工作性质使得他需要经常出差,两人见面的频次越来越低,最近半年他更是常驻太原,忙于一个本地企业的 IPO 项目,两人上一次见面已是两个月前了。

程思华边吃饭边划着手机,又看到了几日前未读的银行短信,显示她收到了这个月的工资。三万元出头,距离她刚入职的收入翻了两倍不止。税后能拿到这个数目,相当可观,可程思华的心情却有些复杂。

"程……思华？"男人拉开椅子，坐在了旁边。突然的动作和声音让程思华吓了一跳。

"您是？"程思华拿下耳机，惊愕地看着这个一小时前和梁永一起出现在茶水间的男人，此刻竟然又出现在这里。

男人似乎也有些意外，但并未起身离开，而是简洁地自我介绍道："你好，我叫宁远。"

程思华虽没听过这个名字，但料想这一定是大佬级别的人物，于是礼貌地打了个招呼："您好，宁总。"

"下午一点半在外面会议室有个会议，我在这儿坐会儿，休息一下。"见程思华停止了吃饭的动作，宁远侧过头问道，"是不是打扰到你吃饭了？"

那还用说？程思华心中暗道，脸上却露出笑容，违心地说道："不会，我是怕我吃东西会打扰到您休息。"

"没事，我不是你领导，你不用这么紧张。"宁远轻声一笑，饶有兴致地看着她，目光却是极为坦然。

见他说话态度温和有礼，程思华稍稍放松一些，继续吃饭。空气中一片寂静，只有她吃饭的细微声响。她有些尴尬，不由自主地加快了吃饭的速度。

然而，没吃几口，只听宁远又试探着说道："如果我没记错的话，你年纪轻轻就成了品牌部负责人，升职速度真够快的呀！"

程思华只当宁远是出于好奇八卦一下，便一边扒拉着饭，一边解释道："我来蓝海四年多了。这几年，忙得连吃饭的时间都没有，工作密度极大，晚上八九点下班是常态，偶尔加班到一两点也不奇怪。"虽然没有直说，但言外之意便是，她的辛苦付出足以匹配这个职位。

"四年多？看来你参加工作挺早的。"

"我本科一毕业就开始工作了。算上大学期间在蓝海实习的大半年，我在这里已经整整工作了五年。当然，这也多亏了我们部门总顾总和部门前副总黎总的提拔。"提及顾清昀，程思华的眼中不自觉闪过一丝"爱恨交加"的神色。

"黎总，是你们市场部之前的副总监，黎子云？"宁远好奇地问道。

程思华点了点头："黎总离职两个多月了。"

"那……你不会又要高升了吧，我听说，市场营销部的负责人都是从品牌部提拔。"宁远看着程思华，见她沉默不语，似乎是默认了，狐疑地问道，"你才26岁呀，你家里……"

程思华回过神来，不禁失笑，连连说道："我也不知道呀，我家里都是普通人！不过，我才刚任品牌部负责人没多久，不至于那么快再升，你肯定想多了。我也真是不想再升，巴不得有人能把我从这苦海中解救出来，替我顶一顶上上下下的压力。"

"苦海？"宁远看着这个看似顺风顺水的小姑娘一脸认真地说这些，顿时觉得十分有趣，他说，"你要是真这么认为，而不是'凡尔赛'地随便说说，那我觉得，你的生活、公司都不是苦海，真正的苦海是你的内心。"

程思华感到有些无奈，她不知道该如何向一个外人解释自己的处境，但还是忍不住说道："您也知道我年轻，在管理比我年长的同事时，有时会不太方便，很多工作推进起来困难重重，我必须亲力亲为，还不能出任何差错，顾总那边，我也要替他把关很多琐事。"

"我每天加班到八九点，有时候甚至更晚，常常饿着肚子回家。"程思华再一次地强调，神情里透着一丝疲倦和委屈。

看到程思华脸上天然可爱的小表情，宁远不觉微微一笑，对她的话却并不认同："或许你走得太过顺利，一切都来得太过容易。从你的晋升节奏和获得的回报来看，每天工作到八九点不算什么。对很多公司来说，八九点都算不上是加班。"

"好吧。"程思华低下头继续吃饭，听不进宁远的话，也不想听他的话。

"既然这样，为什么不换一个轻松点的工作呢？"宁远反问道。

"我不能只为自己考虑呀，顾总看重我，给我机会，我不能辜负他。部门里的小伙伴也都对我很好，你刚才也都看到了嘛，对于这些朝夕相处的小伙伴，我更不能辜负。"程思华轻声说道。

宁远看着程思华清澈而纯净的眼神，嘴角再次微微上扬。果然，她还只是个二十多岁的小姑娘，即便突出的工作能力和机遇将她推到了这个位子上，她依然显得那么稚嫩。这种稚嫩与可爱，对于三十五岁的他来说，已经是很久以前的事情了……

"未来如果想在职业上取得长远的发展，不要感情用事。"宁远忍不住提醒道。

程思华头也没抬地吃着饭，从嗓子眼里生硬地挤出两个字："谢谢。"

当程思华吃完饭正要离开时，宁远拦住了她，问道："可以添加一下联系方式吗？以后可能会有市场方面的问题需要与你沟通。"

程思华微微一怔，这样一个大佬能有什么工作要和她这个小小的二级部门负责人来沟通的？她心中涌起一种微妙的猜想，但又生怕是自己自作多情。而且此人能让梁总亲自接待，定然是她得罪不起的人物。万一真的是有工作上的事情需要她，那她回绝的话就显得格外不妥了。

想到这里，程思华拿出手机，添加了宁远为好友。

第三章　偶遇

周六，程思华背着电脑来加班。公司正在维修天花板上的灯条，几个工人大声聊着天。程思华忍耐了十几分钟，终于无法忍受，背起电脑匆匆下楼，在公司不远处一家相对安静的咖啡馆里，寻了个靠窗的角落，面对着墙壁坐下。点好咖啡后，打开电脑，开始工作。

一个多小时不知不觉过去，她的思绪突然被背后不知何时新来的那桌传来的熟悉声音打断。

"迟瑾萱，要么，直接告诉我你的目的，要么，请你离开。"

"如果不是迫不得已，我不会来找你。"女人声音柔和而又充满无奈，"宁远，你马上要在蓝海投资两个多亿，整整两个多亿啊，如果你说句话，推荐一个人，梁永不可能驳你的面子。对你而言，这不过是轻而易举的小事……而我，我想要靠自己重回职场工作几乎不可能，我已经五年多没有工作了。"

宁远？梁永？两个多亿？熟悉的名字和庞大的金额让程思华不由得打了个激灵。上周加了宁远的微信后，两人一句话都没说过，程思华对八卦向来兴致缺缺，也没时间打探八卦，她都快将此人抛置脑后了，没想到转眼间竟然能在这里遇到他，还似乎碰上了一出大戏。

"我给你的抚养费还不够花的？既然五年都选择不工作，为什么现在突然要回去？"宁远声音透着一股不耐烦。

"和你离婚后这两年，我一个人带着朵朵，越来越痛苦不安，我想，我还是需要一个社交圈子。宁远，我也是为你，才当了三年的全职太太……"

"为我？"宁远嗤笑一声，"我记得当初劝过你不止一次，让你找份工作。"

迟瑾萱沉默了一小会儿，而后声音里带着哽咽道："宁远，看在孩子的分上，你就帮我一次。"

"以前你说留在家里是为了朵朵，现在我们分开，你难道不更应该全心全意在家里好好照顾她？"宁远冷声道。

"我才32岁，我已经失去你了，我不能再失去我自己。宁远，这是我最后一次求你。"

女人哀求声过后，空气里只剩下持续的安静，程思华大气都不敢出一声，缩成虾背状，生怕被宁远认出来。想不到宁远看起来年纪轻轻，竟然已经有过一段婚姻，还有个女儿。啧啧，人家这效率，她想起自己的顶着上司顾清昀，明明和宁远看着差不多大，沉迷工作，恐怕恋爱都没有好好谈过，不由得在心里叹气。

"知道了，你把简历发给我，我和梁永商量一下。"宁远最终妥协。

"谢谢你，宁远。"迟瑾萱感激地说道，"那我去准备简历给你。"

空气安静了下来。程思华回味了几分钟八卦,听两人对话,似乎宁远这位叫迟瑾萱的前妻要走他的后门来蓝海。一个多年不工作的全职太太,想必梁永大概率会安排一个中后台的闲职给她,程思华没多想,很快又投入了工作。

一个多小时后,程思华才站起来,伸了个懒腰,准备去一趟洗手间。然而,转过身的那一刹那,她整个人瞬间僵住了。本以为后桌的两人在谈完事情后早已离开,未曾想到宁远依旧端坐在她身后的那桌,此刻正目光灼灼地盯着她,眼神中没有丝毫意外,仿佛早就认出了她的背影。

程思华结结巴巴地打了个招呼:"宁总,好巧啊,您……您也在这里。"

"是挺巧。"

"是啊,我刚才一直在专心工作,都没发现,您竟然坐在我后面呀!"程思华笑容满面地装着傻。

"程老师有空吗?既然碰到了,一起吃个午饭吧。"

程思华正想着委婉拒绝,却听到宁远补充道:"有些工作上的事情,顾总说可以直接问你。"顾清昀的确向他推荐过程思华,说程思华市场营销方面的工作做得相当不错,有想法、有悟性。不过对于程思华的工作能力,宁远内心仍是颇有些怀疑,年纪轻轻,经验不足,即便出色,又能出色到哪里去呢?

拿顾清昀压她,程思华不得不点了点头:"好的,您稍等,我先去洗个手。"

回来后,只见宁远已经站起身来,双肩包单挎在左肩,穿着颇为休闲。程思华匆忙将电脑塞进包里,跟在宁远身后走出去,坐在了马路边宁远车的副驾驶座上。

宁远一边开车,一边侧过头看了她一眼,嘴角挂着一抹轻佻的笑意:"去年整整一年,我给我公司的员工订购了蓝海的酸奶作为公司的下午茶饮品,说起来我也是你们的客户,你应该了解过我的资料吧。"这话显然有些为难的意味。

程思华微微一笑:"不好意思宁总,我想我们销售部的同事会比我更了解您的情况,Marketing(市场营销)和Sales(销售)不同,我主要的工作范畴不在于对接具体客户的业务,而是为公司做好品牌营销,拓宽市场。不知道负责为您办理具体业务流程的销售经理是哪位?可以把他叫来一起聊聊,他肯定比我更清楚如何为您服务。"

程思华这几句话,全然没有了初次见面时抱怨辛苦的那股稚气。谈工作的她,言语间进退有度,分寸把握得恰到好处。

宁远不由得收敛了几分心中的轻视。

"不必,我想咨询的不是这方面的问题。到了,先下车。"宁远将车停在了街道边。程思华跟着宁远一起走进了餐厅。

落座并点好餐后,宁远这才慢悠悠地说道:"不瞒你说,我投资的一家公司——惠宁保险,去年到现在亏损严重,我最近才了解到,问题主要出在市场营销上,所以我想介入他们的市场营销管理,至少提供一些建议,也避免我自己的持续性损失。"

看来宁远是一位专业投资人。不过……保险公司?程思华有些诧异:"金融行业和消费品行业的市场营销差异巨大,我想我恐怕很难从我个人的工作经验中，带给您什么有参考价值的建议，我也只是浅浅读过几本有关的书。"

宁远见她态度谨慎，一笑，立即说道："程老师，这个我明白，金融产品和消费品性质不同，但我近期恰好准备投资蓝海，又恰好碰到你，就和你随便聊聊，听听你的想法，或许能对我有所启发。"

程思华心中暗暗惊讶于一位投资人在企业营销方面竟然如此亲力亲为，她连忙说道："您叫我思华就好，交流当然没问题。"

"你应该也了解，金融产品同质化严重，很多金融公司都没有专门的市场部门，而是将市场营销并入销售工作中。惠保这几年营业额下滑严重，很大的一个问题是他们的营销模式有问题，比较落后。"

"我不清楚惠宁保险具体的营销情况，对保险业也了解不多。但就我自己目前的经验而言，能迁移到贵公司的相关经验……"程思华斟酌片刻后，缓缓说道，"可以考虑从客户市场细分开始，到市场定位、差异化营销策略、产品创新等各环节逐一梳理改进，对标行业内其他做得更好的保险公司。"为了更具说服力，她搬出顾清昀的大名补充道："顾总当初刚上任部门总后就花了半年时间做这个动作。先对标，再创新，最后超越。他当初也是第一次接触市场营销。我想，虽然金融产品和消费品差异巨大，但市场营销策略的底层逻辑是相似的，都是以客户为本。"

宁远若有所思地点了点头。

"现在大多数公司也都有客户筛选建模功能，将客户分为不同类别的细分客群，贵公司一定也有，将客户进行分类后，关键的就是策略。宁总应该听过帕累托法则,这在各行各业都适用。"

宁远点了点头:"的确如此,是20%的客户创造出了80%的利润。"

"所以,我觉得,既然金融产品同质化严重,那重点更应该是如何进行更有效的资源重组和投入。比如通过不同的环节采集信息,后台部门根据交易信息、资产状况、风险偏好问卷、注册信息等各种方式采集到的原始数据,经过整合和计算,体现成不同类别的客户。我打个最简单的比方,从价值贡献的层面,根据客户的价值贡献度将客户分为大中小客户,大客户属于利润主要来源,针对大客户,可以制定更具个性化的营销策略和服务。而从年龄层面,也可以分为年轻客群、中年人客群、老年人客群,营销策略和针对性的营销活动也有所不同。当然,对于其他细分类别,高潜力客群、中小企业主客群、互联网科技企业客群等,都可以设定针对性的营销策略和专项方案,这就需要企业在和客户的交互中慢慢形成自己的一套框架……"

一个多小时不知不觉过去,等程思华不紧不慢地讲完自己的想法后,宁远对程思华已经完全改观,心中原本对她实际能力的将信将疑也烟消云散。他半开玩笑地赞叹道:"没想到你对金融行业的市场营销也有这样的见解。我原本还想,你大概率是靠运气和脸蛋混到这个位子的。"

程思华一愣,笑道:"好吧,就当宁总是在夸我了。我也没有亲自在保险公司的市场营销部做过,乱说一通,您见笑。"她看了看手机上的时间,又将目光投向宁远。

"等会儿有安排吗?"宁远看出程思华有想要离开的意思。

"实在不好意思，我下午还得回公司加班，欠了点作业，周一要交给顾总。"程思华略带歉意地笑了笑。

"我送你吧。"宁远说完，又补充了两个字，"顺路。"

她点点头，没有刻意推辞。

走出餐厅，两人不再谈论工作，氛围也轻松了许多。一坐上车，程思华便听到宁远问道："冒昧问一句，你有男朋友了吗？"

这突兀的问题让程思华吓了一跳，她正在系安全带的手顿住，有些惶然地看向宁远，宁远眼神幽深，没透出丝毫情绪。

确实有些冒昧，不过，她错愕片刻后，还是如实回答："有的，七年多了。"接着，为了缓解空气中略显奇怪的氛围，程思华调皮地说道："宁总是想给我介绍对象吗？可惜了，我和男朋友感情还挺好。"

然而，宁远并没有接她的这句玩笑话，他颇有深意地看着她："你有没有听过这样一种说法？如果一对情侣谈了三年以上还没有结婚，结婚的概率就非常低了。"

如果此前只是单纯的八卦，那么这句话无疑有了某种越界的意味。

程思华脸上的笑容消失不见："抱歉，没听过。"

宁远看出了她的情绪变化，识趣地不再多言。两人一路沉默不语，宁远也没有再问及程思华的私事。直到车子开到了公司楼下，程思华准备下车时，宁远才对她说了句："今天多谢。"

"宁总您太客气了，能与您交流是我的荣幸。"程思华得体地回应道。

她下车，正要关上车门，又听宁远颇为隐晦地提醒："我和前妻两年多前就离婚了，因为还有些公司股份上的牵扯，所以这件事暂时还没有对外公布。"

"宁总放心，我不会多嘴。"程思华干脆地说道。

"谢谢。"宁远深深地看了她一眼。

回到办公室，维修天花板的员工已经离去，公司里只有寥寥几个其他部门的同事。程思华甩了甩脑袋，不再去想乱七八糟的事情，她也没有时间多想。品牌部的工作繁多而杂乱，她刚上任不久，不敢有丝毫松懈，事事都要亲自过目，不加班根本应付不过来。梳理了一遍下周密密麻麻的活动和会议安排后，程思华清空大脑，全身心地投入到工作中。

第四章　出局

部门周会，市场部的人已经坐满了会议室，程思华很明显感觉到，向来专注的顾清昀，今天竟然有些心不在焉，不知道是不是昨晚加班了，他眼下的黑眼圈透露出深深的疲惫。

市场部下三个二级部门负责人——市场研究部负责人陈海超，营销管理组负责人付明月，品牌管理部负责人程思华，依次汇报着一周内组里的工作进展。程思华作为最后一个汇报人，汇报完本部门品牌战略组、品牌活动组、PR（公共关系）组、广告组四个细分小组的工作进度后，抬头看向顾清昀，等着他的反馈。然而，顾清昀眼神飘忽，不知是在想什么，神思恍惚的模样明显是没怎么认真听他们的汇报。

程思华提醒道："顾总，我们都汇报完了，您这边还有什么问题需要我们进一步说明的吗？"

"好的，我没有问题。"顾清昀这才回过神来，站起身，看了眼程思华，"周会就到这里吧。思华，你跟我来一趟。"

程思华跟在顾清昀身后，听他边走边说道："你拟的预算我看过了,公司传统渠道的媒介投放一直以来占比都更大,传统渠道对营收的贡献却持续降低,而信息流投放、SEO投放,在预算有限的情况下,对营收的贡献却在持续走高,所以这两部分的资金投入需要再做一些调整,未来,这方面的预算分配,你也要注意与时俱进地调整。"

程思华又打开了手机备忘录,一边走,一边把顾清昀刚才说的一串关键词记录在了备忘录里。

"顾清昀语录?"程思华正专心记录时,头顶传来了顾清昀的声音,他脚步不知何时放缓,目光正落在程思华备忘录中大大的黑色标题上。

一个猝不及防,埋头走路的程思华险些撞到了顾清昀身上,她在屏幕上正挥舞着的手指慌乱地僵住,心虚地说道:"顾总,我这是把您吩咐的话都记下来,回去好好学习实践。"

顾清昀疑惑的声音从头顶再次传来:"我那句世界是一个营销战场的所谓名言,不会也是从你这儿出去的吧。"

呃,说起来,还真是,程思华汗颜,她一脸真诚地望向顾清昀:"顾总,不是我,真的不是我。我记录这些都是为了自己复盘,不是为了外传。"

顾清昀点点头道:"哦?这么好的宣传手段,原来不是你。"

见程思华的脸色瞬间变得僵硬,顾清昀低头轻笑一声,推门走进了办公室。

程思华当然也听出了顾清昀在和她开玩笑,无比一反常态的。这不但没让她感到轻松,反而让她心下有些不安。

"思华,你坐。"顾清昀示意了一下办公桌对面的椅子。

被不客气地使唤了五年,这还是顾清昀第一次亲切地让她坐下。程思华颤颤巍巍地坐下,今天的顾清昀,实在是和气到有些吓人了。

"下个月,销售部会空降一个总监,公司的计划是让我以后只负责市场部。现在局势比较复杂,很快公司还要增加一位新股东,我和梁董就股权分配以及其他事宜进行了几次磋商,始终无法达成共识。"他停顿了一下,迎着程思华不解的目光,沉声做了个总结,"我要走了。"

"走了,走去哪儿?"程思华没回过神来。

"我要离职了。"

程思华站在原地呆滞了半天,才领会到了顾清昀适才话里的意味。顾清昀为公司创造了巨额利润,但梁永画了几年的饼,到现在仍没有落实当初许诺给顾清昀股份,只给他每年发着看起来年薪百万但却与他创造的价值并不匹配的工资。如今,新股东加入,又空降一位销售部总监,梁永没兑现股份不说,可以说是明目张胆地削着顾清昀的权。

虽然一直不满于顾清昀对自己的"折磨",但这一刻,程思华心中仿佛被什么尖锐的东西狠狠刺中。

她握紧拳头,声音中带着悲愤:"顾总,您不是认真的吧?蓝海能有今天的成绩,还不都是……"她想大声地说,蓝海能有今天,都是顾清昀造就的,凭什么走的是他,但还是忍住了,只恨恨地吐出一句:"您怎么能走?!"

"如今蓝海已经步入了正轨,正处于稳步上升的阶段。"顾清昀垂下眼帘,声音中透露出一丝不易察觉的疲惫,"我白手起家,没有强大的资本背景支持，在蓝海的价值也已发挥殆尽。狡兔死，走狗烹，我的处境，你应该明白。"他的眼神中，那股向来的冷冽和意气风发之下，隐藏着一抹难以掩饰的落寞与悲哀。

"顾总……"程思华胸口被堵住一般，一阵阵窒息的痛楚让她不能呼吸，她从未有过此刻这种无比强烈的、和顾清昀荣辱与共的感觉。

"别这样愁眉苦脸的，你应该感到高兴才对。"顾清昀眯起眼睛，用玩笑的语气缓解着气氛，"你心里早巴不得我走了吧。"

"我、我哪有，我可没有……"程思华脸色涨红。

"我一直在把你当作未来的部门副总来培养。我离开后，公司可能会招聘新的总监，但不会太快。你会被提升为市场部副总监，暂时接替我的工作。如果在你的领导下没有出现大的问题，当然，这也取决于他们是否能找到合适的人选，那么你最终坐上我现在的位子也不是没有可能。能铺的路我会为你铺好，毕竟你是我一手培养起来的。不过，未来的路……"说到这儿，顾清昀突然停了下来，他的目光缓缓落在程思华的脸上，话语戛然而止。

程思华感受到了顾清昀话语中的分量，她平静地说："顾总，您有什么话尽管说，我不是外人。"

顾清昀的声音柔和了下来："一直留在蓝海是可以的，但未来上升空间有限，公司可能不会给你太好的待遇；或者你也可以选择两三年后跳槽，这两年在这里完成结婚生子的事。我记得你已经谈了很长时间的恋爱了。你是个女孩子，现在也已经26岁了，有些事情，还是需要为自己多想想。"

顾清昀看着年轻，实际上却比她大了整整十岁，这番话说得更是如同家长一般,让程思华心头百感莫名。她看着眼前的顾清昀,心里浮现出一种奇异的、似乎从没认识过他的感觉,似乎这才是他们见的第一面,又似乎眼前的顾清昀,是一个全新的,或者说是她从未认识过的顾清昀。

但此时,程思华满心关心的,并不是自己的事情。

她凝思片刻后又一次问道:"顾总,您要离开这件事,真的没有回旋的余地了吗?"

"我昨晚已经正式发了辞职信给梁永。"顾清昀揉了揉眉心,表示自己已经做好了决定。

"那您要去哪里?"

"北京的一家公司。创始人早就想挖我过去,虽是创业初期,但是会给我配置不少股份,即便累,以后也是为自己打工,并能在公司中拥有真正的话语权。"顾清昀没说自己所找的下家公司的名字。

北京?程思华睁圆了眼睛。

"那如果失败了呢?现在的市场环境,和几年前有所不同了。在这里,您起码也有稳定的百万年薪呀!"她急急地说道,然后,低下头,声音小了起来,"还有……有我这样还算懂事的下属。"

顾清昀微笑着看看她:"我和梁总谈崩的根本原因不是股份所代表的钱,我也不畏惧未来可能的失败。我一个无父无母的孤儿,无妻无子,孑然一身,能花多少钱,倾家荡产又有什么好恐慌?我要的是话语权和决策权。"

程思华带着震惊而不知所措的眼神凝视着顾清昀。她知道顾清昀没有妻子和孩子,但从未想过他竟然无父无母,是个孤儿。

他曾在一次采访中提到，大学时期兼职销售是为了支付学费和生活费，她原以为他只是家境贫寒，却没想到他从未有过一个家。

"顾总……"她的声音再次低而颤抖。

顾清昀一向不善于应对程思华这种泫然欲泣的表情，他正准备让她离开，突然又想起了什么，眉头紧锁："还有一件事。"

"您说。"

"如果何志宏或者梁永找你，让你接手我的工作，你不要替我发表任何意见，更不要为我说话，无论他们提出什么，你只需答应即可。"顾清昀说道。何志宏，公司总经理，是顾清昀的直接上级。

程思华心中虽然有些疑惑，但她还是点了点头。

"好了，你去忙吧。"顾清昀挥了挥手，示意程思华可以离开了。

随后的几日里，程思华总是恍恍惚惚地想着，万一顾清昀后悔了，又想留下了呢？万一梁永良心发现了呢？没想到她还没忧郁几天，顾清昀离职的消息便已经传遍了全公司——是从人力资源部流出的小道消息，顾清昀已正式向人力资源部提出离职，目前正处于最后一个月的离职交接期。

公司顿时掀起了轩然大波，所有人都热火朝天地在背后议论着。果如顾清昀所料，总经理何志宏很快就把程思华约到了办公室里谈话。

一大堆絮絮叨叨的话，程思华总结了一下，无非两句：

感谢你这四年的努力。恳请你未来加倍努力。

何志宏传达了公司决定让程思华暂时代理顾清昀一切工作的信息给她，让她完成好和顾清昀的交接工作，更反复示意，要从顾清昀那里把该拿到的资料都拿齐全，不能让顾清昀带走什么。

他也直白地告诉程思华,一个月后,等顾清昀正式离开,她会被正式任命为市场部副总监,暂代总监的工作,这件事情已无悬念。

听何志宏说话时,好几次,程思华讽刺的话都已经到了嘴边,但想到顾清昀的嘱咐,又念及自己毕竟还得在这个公司里混下去,她终是闭上嘴,默默点了点头,心里同时有些憎恨自己的无能。

强打起精神应付完何志宏,一走出办公室的门,程思华几乎要支撑不住,依靠着墙壁,一点点往工位的方向挪去。

从何志宏的态度来看,顾清昀被清理出局已成事实,于她而言,哪怕真的能升职为副总监,踩着自己恩人和前辈的"尸骨",又有什么值得高兴的?

向来消息灵通的徐蓉蓉却喜笑颜开地来恭喜程思华,如若程思华顺利被任命,那么空出来的这个品牌部负责人的位子大概率会是她的,她自然欢喜。

"思华,你是不是又要高升了呀!"

虽然程思华和徐蓉蓉关系一向不错,也知道徐蓉蓉是真心的欢喜,但此刻,程思华一点都笑不出来。徐蓉蓉看出她脸色不对劲,犹豫一番后,咽下了种种恭喜的话,径自离去了。

程思华一个人坐在工位上,茫然无措,只有满心摆烂的冲动。可是,想到那堆积如山、迟早需要完成的工作任务,她最终还是不得不从情绪的泥潭中挣脱出来,重新投入到了工作中。

二十多天很快过去,顾清昀,这个曾经在公司里叱咤风云的人物,以一种几乎无声的方式离开了。没有告别会,没有送行的人群,连一句简单的再见都没有。办公室里的气氛依旧忙碌而紧张,仿佛他的离开并没激起任何波澜。

顾清昀把所有的东西都已经提前寄走，交接期最后一天，他只拎了一个黑色的公文包，手臂上挂着常穿的那件西装外套，轻轻合上办公室的门，穿过部门边的走道，往公司外走去。

曾经与顾清昀并肩作战的这些同事们，如今一个个埋头于自己的工作，对顾清昀的离开视若无睹。

真的那么忙吗？程思华目睹着这一切，心中五味杂陈，她试图在心里为他们辩解，也许是因为大家工作压力太大，也许是因为在如今这种局势之下，他们不能够在公司里表现出任何情绪波动，以免影响到自己的职位和前途。

然而，这些苍白无力的辩解并不能掩盖她心中的寒意。

程思华拎着脚边早已准备好的一束花和一袋礼物，独自急匆匆追着顾清昀的背影走去，边走，边在周围同事冷漠而异样的眼神中，感到一股刺骨的失望和孤独。

在公司大楼的门口，顾清昀停下了脚步，接过了程思华递来的花束和精心包装好的礼物。

程思华的泪水早已经模糊了视线，此次一别，顾清昀去北京，谁知道下一次相见是什么时候，谁知道又能不能再次相见。顾清昀望着她，眼中闪过一抹难以言说的复杂情感。见她瘦弱的身躯因抽泣而微微颤抖，顾清昀轻轻叹了口气，手臂缓缓抬起，似乎想给她一个安慰的拥抱。

然而，他似乎突然想到了什么，眼中的情感骤然被冷静的理智所取代，颤动的手指紧紧握成了拳，极其克制地收了回去。

第五章　闲言

周泽楷送给程思华的生日礼物是录音笔，一支外形和钢笔一模一样的录音笔。程思华拆开看到后，周泽楷半开玩笑半认真地嘱咐她，在公司要随身带着这支录音笔。职场不是个温良恭俭让的地方，某些特殊情况下，留一份录音，能起到保护自己的作用。

"你这家伙，从来不知道怎么保护自己，就知道傻呵呵地拼命。"周泽楷不止一次这样说她。程思华有些恼火，只把周泽楷的话当成情侣之间的戏谑，毕竟她一直觉得自己相当聪明。

不过，这支录音笔对她来说的确实用，身形虽小，容量却有1TB，还能自动导出为极为精准的文字模式。程思华平时参加的会议本就不少，顾清昀辞职后，要参加的会议便更多了，她很难确保每一场会议自己的精力都高度集中，因此，有这个录音笔时常留痕，确实是个必要的好习惯。

在顾清昀正式离开的当天，程思华即刻便被任命为市场部副总监，工资象征性地上调了5%。

她没有丝毫的开心，有的只是悲伤与怅然，本就沉重的压力也增添了不少。暂代市场部总监职责，目光不能再局限于品牌部，她不但要确保部门各项指标稳定发展，还要在越发激烈的市场竞争中探寻新的增长点，不断调整和创新策略。

程思华缺乏经验与人脉，她唯有加倍努力。

在顾清昀离职后的几周，她发过一次烧，内分泌完全紊乱，却不曾请一天假。身体的异常归根结底是疲劳与压力所致，而压力的因素占比更大。她对自己要求向来极高，做事拼命，容不得工作出现丝毫差错。好在这几周的拼命并非没有回报，市场部的业绩虽无突破，但自顾清昀离开后增长速度并未明显下降，针对新产品小蓝罐推出的各项营销推广活动也颇具成效。

周二的元旦节日促销活动策划案会议上，程思华又用到了周泽楷送她的那支录音笔。

会开到一半，她接到了何志宏的电话，不得不离开会议室。临走前，她把录音笔留在会议室，嘱咐徐蓉蓉带领大家继续开会。何志宏一向能说，这通电话一打就是半个多小时。等程思华回到会议室，里面已空无一人。她抱着电脑，拿起录音笔，回到了工位。

徐蓉蓉会后发给她一份会议总结，程思华看过后没什么进一步的问题。不过，她还是把录音笔里的录音导出成文字，习惯性地留痕。几个小时后，当程思华终于得闲扫视录音笔里导出的文字时，她整个人都呆住了，不可置信地看了一遍又一遍。

文档的最后是其他同事散会离开后，黄静和徐蓉蓉的对话。

"咱们公司新股东宁远，是投资大佬，金石投资的创始人。金石投资你听过吧？"黄静问道。

"当然听过！真没想到创始人还这么年轻，程思华啊程思华，真是个人物。"徐蓉蓉阴阳怪气的话与平时在程思华面前善解人意的样子截然不同。

"可不是嘛，她生日那天两个人看起来明明是第一次见面，没想到这短短几天人家就拿下了。我可听陈经理说了，她和宁总举止亲呢，一起去吃高级餐厅，宁总还给她当司机呢！"

"公司周边都是熟人，他俩也不回避着点，得亏她男朋友一直出差。"

"男朋友不出差她也不敢这么干呀。以前和顾清昀就有一腿，现在顾清昀走了，人家不得赶紧找个新大腿。"

"还真是迅雷不及掩耳之势呀，咯咯咯……"那不用听也能想象得出的笑声，让程思华手指紧紧攥住录音笔，气得呼吸微微变重。她不是个傻子，从升任品牌部负责人那天起，就知道自己年纪轻轻很难服众，处理和这些前辈的关系是她工作中的一个巨大难题，因此面对徐蓉蓉一众人，一直小心翼翼。

在她眼里，同事们——至少在今天之前——一直对她充满善意。她升任副总监至今，各种从天而降的工作任务，不到万不得已也不会扔给前辈，能自己做就自己加个班默默做了。本以为努力工作能获得认可，以善待人能换来善意，原来，是她低估了人性的恶。

整个下午，程思华都浑浑噩噩。她们讽刺她和宁远也就罢了，单独吃饭的确惹人误会，可是顾清昀这个一向不苟言笑、勤勤恳恳的工作狂，那可是曾经和大家朝夕相处的人，难道就因为破格提拔了她，他们的关系就要被无端揣测吗？

这几年跟在顾清昀身后，她一路跌跌撞撞、步伐匆匆地赶路，努力缩小着自己和行业大佬之间的差距,很少停下来感受生活,更别说细细体会身边这些斑驳的人心。她一直还以为自己在处理同事关系上已经做得够好了。

程思华心乱如麻。她强忍着心里的难受,若无其事地和几人像往常一般交流,若无其事地完成了自己的工作。下班时间,她却没了加班的心思,直接回了家。

程思华和早年便从外地来上海工作的父母住在一起。

父亲程烨是位儿科医生,母亲周芸是个全职家庭主妇。程思华16岁前,还住在上海常见的"老破小"里。在她16岁那年,父母卖掉老破小,用卖掉的钱和这些年的积蓄,凑够了中环一套两室一厅的首付,目前每个月还有两万多元的贷款要还,好在父亲的工资如今已经随着他多年的从医经历从早年的几千元涨到了如今三万多元每月,程思华也找到了好工作。

在上海,程思华的家庭诚然是不富裕的,说是小康也有些勉强,但在周芸的操持下,她从小丰衣足食,哪怕住在四十多平方米老破小里的那十年,她也从来没感觉到物质上的匮乏。

周芸正在客厅边看电视边择菜,看到程思华进门,把电视音量调低,惊讶道:"今天怎么回来这么早?"

程思华神色怏怏地应道:"有点累,想早点休息。我爸怎么不在家?"

"你爸今天有一台手术,回来估计半夜了。你想吃什么,妈先给你做。"周芸对程思华的工作不了解,也识趣地没多问她工作上的事情。

"老样子,一碗粥就行。"说罢,程思华走到了自己的卧室里,躺在床上,脑子里乱糟糟的。

"好。"周芸放下手里的菜,走进了厨房。

一会儿后,周芸做好饭,来到程思华房间里。只见程思华不知何时,已经四仰八叉地横在床上沉沉睡去了。

周芸温柔又无奈地一笑,轻轻把程思华挪了挪正,替她盖上被子,掖好被角,关了灯后,合上门后走了出去。

次日清晨,程思华刚坐到自己的工位上,隔壁的徐蓉蓉便带着满脸的笑容向她打招呼:"早啊,思华!"

面对徐蓉蓉那灿烂的笑容,心情复杂的程思华勉强挤出一丝不太自然的微笑回应道:"早,蓉蓉姐。"

整日里,程思华都面无表情地埋头工作。不能让情绪左右自己的工作,更不能让情绪伤害到自己。她不断这样自我暗示,努力抑制着内心的自我消耗,渐渐地,竟也不再那么心乱如麻,注意力从昨日开始在心中蔓延的负面情绪,重新聚焦到了手头的工作上。

几天时间过去了,程思华慢慢平复了自己的心情。

周四,她接到了宁远的电话。

"思华,明天下午你有空吗?"宁远直接问道。

"宁总,明天是工作日。您找我有什么事吗?"程思华心中有些忐忑,以为宁远又要请她吃饭,或是询问一些问题。

"高宇安这个名字,你熟悉吗?"宁远话锋一转,问道。

"当然。"程思华微微惊讶,高宇安是东辰大学金融科技应用研究院的领军人物,他的众多论文和研究成果程思华学生时期都曾仔细研读。虽然未曾有机会听过他的讲座,但在学校时,高宇安就一直是她的学术偶像。

"明天下午有一个市场营销交流会,高教授也会出席。记得你之前提到过,你对高教授在数据分析和数字化转型方面的研究成果很感兴趣,想不想一起去听听?"

想到那些流言,程思华有点犹豫,担心如果有熟人在场,自己与宁远的关系可能会被误解,流言可能会变得更加离谱。然而,她又实在不愿意错过这次难得的机会。她心想,即使放弃了这次机会,恐怕也无法阻止背后的闲言碎语,同时考虑到这样的行业交流对增长见识、拓宽人脉也大有裨益,最终脑海中一番斗争后,她还是答应了下来:"谢谢宁总,我会去和领导请个假。"

"不用客气,就当作是我对你上周末为我解惑的一点感谢。"宁远的语气听起来合乎情理,声音也依旧平静无波。

请好假的第二天下午,程思华打车来到举办研讨会的酒店门口。还未下车,她便透过车窗看到宁远与一位中年男士在门口闲聊,两人吞云吐雾地抽着烟,不时发出开怀的笑声。在程思华与宁远的几次短暂接触中,他给她的印象一直是温文尔雅的,她从未见过他如此轻松自如而又爽朗不羁的一面。

程思华从出租车上下来,本打算悄悄避开宁远,直接步入酒店,却发现酒店门口的工作人员正在逐一核实来宾身份并进行登记。无奈之下,她只好向宁远走去。

程思华保持着一贯的简约风格,身着白色衬衫搭配黑色长裤,外罩一件简洁大方的中长款棕色西装外套,清秀的面容上仅轻描淡写了几下眉毛,但正是这份清水出芙蓉的自然之美,让宁远身边的中年男士目光一亮。

"宁总。"程思华走到宁远身边，打了个招呼。

"哟，这位美女是宁总的秘书吗？"中年男士带着戏谑的笑容说道，他的目光在程思华的脸上不住地打量。

宁远轻轻拍了拍中年男士的肩膀，带着微笑介绍道："赵总，别开玩笑了，我秘书是个男的，你不是见过吗。这位，程思华，蓝海集团市场部的负责人。思华，这位是赵寒总，WorldWise的首席营销官。"

"蓝海集团？你就是顾总的接班人呀，真是年轻有为啊！"赵寒惊讶地看着程思华年轻的脸庞，伸出手来，程思华与他握了握手。WorldWise的大名程思华早有听闻，是国内顶尖的跨境支付公司之一，没想到其首席营销官竟然来了这场行业交流会。看来，今天的交流会果然不仅仅是一场交流会，更是一场汇集了业界大佬的社交聚会。以前顾清昀倒是没带她或者其他同事来过这种交流会，想必他们都是认识的，要是顾清昀还在，哪怕在上海……程思华的心又不知为何微微痛了起来。

她紧随宁远之后，顺利进入了酒店，来到了二楼中央的大型会议室。室内，一张宽敞的长方形会议桌旁已围坐了七八位嘉宾，包括程思华的偶像高宇安。程思华自然没有选择在主桌附近就座，而是默默地坐在了靠墙的一排椅子上，一个相对隐蔽的角落。她此行的目的很明确——学习，因此，要尽可能地保持低调。

然而，或许是因为她跟随宁远一同入场，又或许因为她容貌出众，她还是吸引了不少人的目光。那些目光中带着一种难以名状的微妙情绪。特别是一位妆容精致的年轻女士，目光尤为尖锐。

程思华全神贯注地聆听着主桌上几位嘉宾的经验分享，并低头认真地做着笔记,她没有理会那些莫名其妙的目光,也没有注意到宁远不时投来的眼神。

直到研讨会结束,在场众人开始相互交换名片,程思华站起身,鼓起勇气走向高宇安。她事先准备了几个问题,希望亲自向高宇安请教,这样的机会实在难得。

高宇安周围已经围了几个人在交谈,程思华慢慢走到他们附近,却犹豫着不好意思插入对话。正当她感到手足无措时,宁远走到了她的身边。

宁远的出现让高宇安和周围的人都停下了谈话,纷纷向他打着招呼,他却将程思华拉到自己面前。

这举动,让在场的所有人都愣了一下。

"高教授,这位朋友是东辰大学毕业的,读书时就是您的忠实粉丝。"宁远笑着说。

目光纷纷落在程思华脸上,程思华更加窘迫了,这样的场面,她还是第一次经历。

高宇安温和的目光中带着几分探究,他轻声问道:"您是?"

程思华微微有些兴奋地急忙回答道:"高教授,我是程思华,负责蓝海集团的市场营销工作,四年前毕业于东辰大学市场营销专业。我拜读过您的所有研究,您在金融科技领域的成就令人钦佩。坦白说,我有几个问题一直想向您请教……"

"大家正准备上楼用餐了,不如你和高教授交换一下微信,有问题可以私下交流。"宁远表面上像是打断了她的话,但很明显是在为她牵线搭桥。

高宇安目光一凛,再次审视了程思华一眼,随即点头,拿出手机,打开微信二维码,递到了程思华面前:"宁总的朋友自然也是我的朋友。"

程思华激动地添加了偶像的微信。

不过,瞬间,她的喜悦被打破。

"啪!"

众目睽睽之下,一个清脆的巴掌狠狠地打在了程思华的脸上。

程思华的左脸感到一阵火辣辣的疼痛,她捂着脸,难以置信地抬起头,看到的是刚才坐在研讨会主桌、眼神锐利的那个女人。

周围的喧嚣戛然而止,所有人的目光都聚焦在了两个女人身上,带着看好戏的神情。

程思华强忍着即将夺眶而出的泪水,强烈的屈辱感让她的双腿不住地颤抖,她愤怒而震惊地质问:"你是谁?为什么打我?"

"啪!"

程思华还没来得及反应,又一巴掌落在了她的脸上。

第六章　失态

"迟瑾萱,你这是在做什么?"宁远紧紧抓住迟瑾萱再次扬起的手腕,眼神中透露出刺骨的寒意。

迟瑾萱紧咬着嘴唇,眼眶中泪水打转:"你和她什么时候搅和在一起的?你别忘了,你可是个父亲!女儿还需要你!"

这位情绪激动的女人竟是迟瑾萱,宁远的前妻!程思华顿时领悟到了在场众人那复杂眼神背后的含义。宁远曾提及,他与前妻的离婚尚未对外公布。因此,在众人眼中,宁远和迟瑾萱仍是合法的夫妻,而她……回想起宁远刚才全程维护她的态度,程思华只觉得自己无地自容。

"你来说,你们是什么时候开始的?"迟瑾萱怒目而视,愤恨地质问程思华。如果程思华不是当事人,她自己几乎都要相信,眼前这位女人是个被背叛的可怜妻子。

"我和宁总之间清清白白!而且,我有男朋友!"程思华紧握拳头,指甲深深陷进手心,努力维持着最后一丝镇定。

"出去!"宁远冷冷地对迟瑾萱说道,眸中满是怒火。

迟瑾萱却置若罔闻，她对程思华冷笑一声："我劝你最好安分守己，小心做人，别妄想不属于你的东西！"

周围人窃窃私语着，像是一记又一记响亮的耳光再次挥向程思华。

在迟瑾萱毫不留情的羞辱中，程思华最终也没能想到什么更好的对策，能让她在眼前的困境中，不至于如此这般狼狈。

她落荒而逃了。

在街边拦下一辆出租车，程思华几乎是冲进了车内，那一刻，她再也无法抑制自己的情绪，泪水如决堤般肆意流淌，布满了她的脸庞。

程思华一路冲回家中，周芸和程烨都不在。她径直回到自己的卧室，锁上门，趴在床上，无所顾忌地放声大哭。哭过后，又感到一种恍惚和极度的疲惫。她已经很久没有这样痛哭过了，在她虽然忙碌但一直顺利的生活中，似乎从来没碰到过什么能让她如此痛哭的事情，直至今日。

手机不停地振动着，宁远的未接来电和替前妻迟瑾萱道歉的信息在程思华眼中显得格外刺目和荒谬。

血淋淋的教训让程思华意识到，她不能再和宁远产生任何超出工作范围的交集。上次录音笔里的那些话本应成为敲醒她的警钟，但她今天却明知故犯，堂而皇之地走宁远的"后门"，参加这场并没有邀请她，说白了，并不属于她的交流会。

迟瑾萱虽然行为粗鲁，但谁又不是在暧昧地看着她和宁远，看着这场"好戏"呢？

忍着心里的难过，程思华坐在书桌前，打开电脑，看了一会儿工作,却发现自己根本无法集中注意力。

手机在口袋里又开始嗡嗡作响,程思华拿出来一看,是周泽楷的来电,她迅速接了起来。

"思华,我回上海了,下午给你发信息你没回,是不是打扰到你工作了?"周泽楷的声音透过电话传来,温暖而熟悉。

听到周泽楷的声音,程思华的眼眶不禁又湿润了,她咬了咬嘴唇,强忍住泪水:"我已经到家了。"

"今天真难得,竟然不加班。那我去接你,一起吃个饭吧。"周泽楷的声音依旧温和。

"好,我准备一下,你到了楼下给我打电话。"程思华回答。

"一会儿见。"

程思华洗了脸,换上了一身轻便的衣服,看着镜子里微微红肿的眼睛,她从冰箱里拿出两个冰袋,用毛巾包裹好,敷在眼睛上。

半小时后,程思华接到电话,下楼看到周泽楷正倚靠在他停靠在路边的车上。他穿着一身墨色的衣服,身材挺拔,线条匀称。落日的余晖映照在他英俊的侧脸上,明暗交错,他棱角分明的五官显得多了几分柔和。

程思华跑向周泽楷,投入他的怀抱,头闷闷地抵着他宽阔舒缓的胸膛,不发一言。

"这是怎么了?"周泽楷一边搂住她,一边故作神秘地从口袋里掏出什么东西,程思华好奇地看着他。只见他从口袋里摸出一束迷你花束,精致可爱。

接过小花束,程思华又惊又喜地叫道:"太可爱了,好喜欢啊!"

"那当然，也不看看是谁的眼光。"周泽楷亲了亲程思华的额头，又摸了摸她的头，笑着说，"这个小傻脑袋，两个月没摸了，想死我了。"

"你再说我傻，我真的会变傻的！"程思华抗议道，心中的阴霾却被驱散了一些。

周泽楷打开副驾驶的车门，一边护着她的头让她坐进车里，一边笑道："怎么看你都是傻的。"

程思华轻哼一声，系好安全带，周泽楷发动车子，问道："想吃点什么？"

"我好饿，去吃寿喜烧自助餐吧。"程思华毫不犹豫地回答。

"咦，不保持身材了？"周泽楷调侃道。

"嗯。"程思华轻声回答。

周泽楷疑惑地看了她一眼，天色渐暗，车内没有开灯，程思华脸上的忧郁被阴影掩盖。

"在想什么？感觉你有心事。"周泽楷敏锐地问道。

程思华顿了顿，说："我在想我们大学的时候，那时候多自由啊，现在你总出差，我总加班，以前用不完的时间，不知不觉都成了奢侈品。"

"是不是最近太辛苦了？"周泽楷关心地问。

"辛苦没什么。"程思华低低地说道。

"哈哈，我还记得你刚工作那会儿也说过这话，你说'辛苦没什么，成就感可以抵消一切'。这几年看你走得多顺利，我觉得你下一步需要考虑的大概是，怎么不动声色地把任务分配下去，而不是全扛在自己肩上。"

"我明白，但很多事情不是想怎么样就能怎么样，要考虑的因素太多了。"程思华没有继续谈论工作，也没有提及今天的糟心事，两人聊着其他话题。

快吃完时，程思华问："还是周日晚上走吗？"

周泽楷无奈地点了点头。长期出差的他，通常都是一个月或两个月才能回上海一次。

"你……你能不能试试找找投行以外的工作？"程思华觉得自己实在不应该干涉周泽楷的职业选择，但还是忍不住问了出来。

周泽楷神色一凝："是我不好，这几年不是出差，就是在出差的路上。"

不知怎么，程思华突然想起宁远的话——三年还没结婚，结婚的概率就很低了。

"其实上个月开始，我就在找工作了，本来想找到合适的工作后再告诉你。这些事情让你开口，是我这个男朋友的失职。"周泽楷握着她的手，"你再等我几个月，我会改变现在这种状态，这个项目马上结束了，我也会争取在上海的项目。"

"哦，那就好。"程思华终于露出了笑容。

等她结婚，流言蜚语也会戛然而止吧。

而且，她也是真的很想有个小家了。

那晚，程思华只回复了一句话给宁远，没有怨怼和责怪，没有任何情绪："宁总，瓜田李下，为了避免误会，以后我们还是尽量少接触吧。"

宁远说要约她出来吃饭，当面赔罪，程思华没再回复，宁远也没再追问下去。

雪上加霜的是，程思华次日厚着脸皮给高宇安教授发去的请教问题的信息，整整两日过去，都没有收到任何回复。程思华表面若无其事地工作，内心却备受煎熬，被众目睽睽之下甩了两巴掌的画面和她一直以来敬佩的高宇安对她置若罔闻的姿态，跟噩梦一样缠绕在她心上。她的个人能力和付出的努力在宁远的"帮助"之下全然泯灭。恐怕不止高宇安，那场交流会里的每个行业前辈如今大概都觉得，她是靠着宁远才有了今天。

原本以为靠着宁远牵线，能拓宽见识、发展人脉，事态发展到这个地步，程思华诚然无辜，但她性情真纯，委屈的同时也不由得在心里无人之处偷偷地质问自己：

程思华，你难道真的没感觉出宁远对你的好感吗？

你难道真的没有一丝丝利用的心态在其中吗？

原来，人生，要到达想去的地方，唯有一步步自己为自己铺好厚重的根基，看似便捷的路径，往往隐藏着无法预料的沉重代价。

随着十二月底的到来，上海步入了深冬，街道两边的梧桐树早已经落尽了叶子，光秃秃的枝丫在冷风中摇曳。

上海的冬天不同于北方的严寒，它是一种渗透骨髓的湿冷，潮湿的空气总能缠绵地穿透厚厚的棉衣。尽管这种刺骨的寒冷让人想要蜷缩在家中，城市却从不放慢脚步，街道上依旧车水马龙，裹着厚重冬装的人们行色匆匆地在寒风之中穿梭，空气中卷起一阵又一阵行人呼出的白气，又很快消散。

在此期间，销售部的新总监正式上任。当程思华在邮件中看到这位取代顾清昀的新总监的名字时，她脑海中的线索如同电光石火般串联起来。

竟然是她!靠着走宁远的后门挤掉了顾清昀的位子!——迟瑾萱。一时间,"新仇旧恨"难免纷纷涌上心头,程思华心中不禁泛起一丝冷笑。

只是,在公司看到迟瑾萱,她也只能忍着怒火,假装什么都没发生过,这毕竟是销售部总监,她们还有一些工作上难以回避的沟通和合作,这也是公司投资人孩子的母亲。

两个多月来,程思华心里始终憋着一口气,在工作里更加拼尽全力,日日加班,部门各项指标都完成得相当不错。不过今天,她和程嫣约好了一起吃火锅,下午六点左右就早早地离开了公司,打车直奔火锅店。

冬日的火锅店人头攒动,程思华一下车就看到了站在门口的程嫣,她穿着白色的羽绒服,戴着厚厚的帽子,正兴高采烈地向她挥手。

"幸亏我提前来了二十分钟,你看,你现在来正好,咱们前面还有两桌就轮到了!"程嫣得意地向程思华展示着她手里的排队号码,丝毫没有因为等待程思华二十多分钟而感到不快。

程思华和程嫣虽然同姓,却并无血缘关系,这只是巧合。尽管没有血缘纽带,两人从高中时代起就结下了深厚的友谊,后来一同考入了同一所大学,只是专业不同——程思华选择了金融,而程嫣则学习了西班牙语。

大学毕业后,程思华加入了她实习的蓝海集团,程嫣则在一家外企担任翻译。尽管两人所在的行业和工作截然不同,但这并没有影响到她们之间日益深厚的友情。

程思华熟练地将头靠在程妈的肩上，声音中带着一丝疲惫："阿妈，我快累垮了。"

"看得出来，瞧你瘦的，脸上都没肉了。今晚得多吃点，我请客！"程妈轻轻戳了戳程思华略显消瘦的脸颊。

"不行，我最近刚升职，怎么还能让你请客。"程思华笑着说道。

程妈夸张地叫道："看你那得意样！好吧，那就勉强给你这个向我炫耀的机会。"

没聊几句，就轮到她们的号码了，程妈拉着程思华，跟着店员的引导走进了火锅店。

程妈是程思华关于工作里那些烦心事唯一的倾诉对象。对于好友受到的羞辱，程妈一直比程思华还要愤慨。一落座，没聊几句，程妈就忍不住张牙舞爪地开骂："宁远那个混蛋，还有他那个老婆，欺人太甚，真是太过分了！想想我就气得心口疼。"

"别气了，那些事在我这儿都过去了。"程思华看着程妈激动的样子，忍不住笑道。

涮了几串毛肚，程妈边吃边继续愤愤不平："真想把那对夫妻也涮到锅里去，等着瞧，宁远那个混蛋，哪天让我碰上了，非揍扁他不可……"

"你……你先等等。"程思华的目光落在程妈侧后方的男人身上，眼睛微微睁大，连忙阻止程妈继续说下去。

程妈顺着程思华的目光转身望去，视线中顿时映入一位三十多岁、风度翩翩的男士。他虽然只穿着一件简单的休闲夹克，却依旧掩盖不住那股与生俱来的气质。

"好久不见了，思华。"宁远直视着程思华，目光中没有一丝偏移。

程思华心中暗暗叫苦，几个月前偶尔去一次咖啡馆就意外遇到了他，现在来吃火锅又碰上，这未免也太巧了。

"哇！这位帅哥是思华的朋友吗？来来来，要不要一起坐下？"还没等程思华反应过来，程妈已经热情地招呼上了宁远，丝毫没意识到眼前这个人就是刚才自己想涮进锅里的那位。

宁远竟然真的毫不客气地坐在了程思华旁边："好啊，那就打扰了。"

"你们刚才在聊什么呢？"宁远语气轻松地问道。

"还不是某个自诩的投资大佬，选老婆的眼光差到极点，我们正笑话他呢，连自己的婚姻都经营不好，还能指望他投资公司有什么高明之处？"一番刻薄话程妈自顾自地说得起劲，全然没有注意到宁远和程思华越来越古怪的神情。

为了避免程妈再说些什么可能会让场面更尴尬的话，程思华赶紧对宁远说："宁总，我朋友性格直爽，说话可能有点冲，但她人真的很好，您别和一个小姑娘一般见识。"

程妈蓦地抬头，震惊地看着宁远，眼神中流露出她自以为隐藏得很好的情绪——愤怒、鄙夷……当然，还有一丝尴尬。这眼神对宁远来说自是没有丝毫杀伤力，但从这赤裸裸的眼神中，宁远也感受到了两位女生之间深厚的友情。

"你朋友想揍我的心情，我理解，只可惜程老师一直不给我当面道歉的机会。"宁远带着一丝无奈地看着程思华。

宁远毕竟是自己公司新来的股东，程思华心里虽然有气，但为了长远考虑，也只能客气地说："您说笑了，都过去了，不必放在心上,您快去吃饭吧。"

宁远侧过头,深邃的目光落在程思华的脸上,他点了点头:"好,我们团队聚餐,我先上楼了。"

"对了,那位不是我的妻子,是我前妻,我离婚已经两年多了。"宁远对程妈说道,然后才走向火锅店二楼的包厢区。

程思华听到宁远的话,不由得一愣,她没想到宁远此前让她保守秘密,而今天竟然会亲自向程妈解释这件事。

"呕!原来是个二婚男!不过这家伙是不是对你有意思啊?"程妈嗅到了一丝不寻常,好奇地问程思华。

程思华自己也不确定,于是含糊其词地说:"我们之间只谈过工作。"

"好吧,不过凭他是谁,有周泽楷这么个完美男友,对那种二婚男我们才不稀罕呢!"程妈笑嘻嘻说道。

程思华低头浅笑,周泽楷确实样样都好,唯一的美中不足就是他们一直异地,换工作并不容易,周泽楷的新工作至今也还没有着落。很多时候,她确实感到有些孤单。

饭后,程思华直接回家,她打车到了小区门口,在昏黄的路灯下下车,然后朝小区里走去。

突然,一只手紧紧拽住了她,力度之大让她措手不及,她被猛地拉进了一个怀抱中,一股浓烈的酒气扑鼻而来。

程思华吓得心跳几乎停止,她抬头一看,惊讶地叫道:"宁……宁总?您不是刚才还在……您怎么会出现在这里?"

"别动。"宁远的声音中带着疲惫和醉意,但程思华能感觉到,他的意识绝对是清醒的。

程思华挣扎了几下,却被宁远强有力的手臂紧紧搂住,她努力保持冷静,冷冷地说:"宁总,请您放尊重一点!我有男朋友!"

"那又如何?"宁远以同样冷冷的语气回应,手箍得更紧了。

面对这种近乎无赖的行为,程思华心中涌起一股愤怒和无力感,她被他紧紧地束缚着,动弹不得。片刻之后,她努力平复情绪,尽量以冷静的语气开口:"您喝醉了,我会把这一切都当作没发生过,现在,您可以放开我了吗?"

宁远却将她搂得更紧,他的头低垂,靠在她的左肩上,耳边传来他低低的声音:"程思华,你知不知道,我很喜欢你。"

浓烈的酒气再次一阵一阵喷在程思华的侧脸,听到这话,她整个人都僵硬了,又重复了一遍,语气坚定:"我有男朋友。"

"别再提你那个几个月才见一次面的名存实亡的男朋友了!"宁远不耐烦地打断她。

"你调查我?"程思华紧咬着牙,愤怒地质问,"我家的地址,也是你通过公司查到的?"

宁远沉默不语。

程思华再次尝试挣扎,却发现自己根本无法推开宁远,她只能尽量压低声音,说道:"宁总,请您自重,先放开我,我们有话好好说。"

即便程思华被自己紧紧拥在怀中,她的态度依旧冷静而疏远,这让宁远心中无端升起一股怒火:"如果不是因为你已经有了男朋友,我何必强忍数月不去见你?我又何苦从初见你时就保持着这层令人作呕的体面?我不断告诉自己,我忙到没有时间去想儿女情长,的确,我很忙,但同时,我却总是无法控制地想起你!"宁远的脸上掠过一抹自嘲和无力的神情。

宁远紧握程思华的肩膀,低下头,眼看便要吻上去,程思华惊慌地侧过头躲避,他的唇擦过她的脸颊。

程思华羞愤交加,满脸通红,终于忍不住,不再顾及他身份地大声斥责道:"宁远,你是不是疯了?你所谓的喜欢就是这样害我吗?你知不知道同事们背后都在议论我是靠你的关系才升职的?我真的依靠你了吗?你半夜跑到我家楼下发酒疯,如果再被人看到,我跳进黄河都洗不清。我警告你,再不放开我,我就要喊救命了,等下你可别嫌丢人!"程思华自觉气势磅礴地骂完这番话,顿时觉得胸中极为畅快,仿佛积压已久的情绪得到了释放。

出乎意料的是,宁远听完这番斥责并未动怒,他那醉意朦胧的眼中反而露出了几分愉悦。他松开程思华,退后两步,目光坚定地望着她的双眼:"成为我的女人。你很清楚我能为你带来的资源和价值。"

程思华冷笑着回答:"像您这样的人物,想要什么样的女人没有,就别拿我寻开心了。"

"程思华,我偏偏就喜欢你,喜欢你身上的清新脱俗。"宁远一字一句,语气坚定。

"您既然喜欢我,为什么不能让我保持本来的样子呢?如果我为了您口中的资源和价值,放弃了和我相恋七年多的男友,那我还是您喜欢的那个脱俗的我吗?恐怕到那时,我只会落得一无所有的下场。"程思华这一番诘问,让宁远不由得愣住,想不出任何反驳的话来。

她继续说道:"您是有权有势的人物,一句话就足以让我失去工作,我尊敬您、畏惧您,即使在您前妻的羞辱下也不敢多言。但随意操控他人的生活,真的那么有趣吗?宁总,我太累了,工作已经让我筋疲力尽,您能不能够放过我!"

他深深地凝视着她的双眼,那双在晚餐时还闪烁着灵动光芒的大眼睛,此刻却因为内心的委屈而变得通红。自第一次见到程思华起,他就被女孩甜美的脸庞所吸引。不过,他见过太多漂亮的女生,程思华身上真正让他心动的,还是在他听她专注又认真地讲专业知识、谈论工作的时候,感受到的那种稚气与灵气、天真与专业并存的与众不同。

今晚,此时此刻,程思华一次又一次的推拒后,宁远心中再次被激起了一种莫名的悸动。仿佛被某种锋利的情感刺穿,生平第一次,在女孩那痛楚的眼神中,他感觉自己的心里鲜血横流。

人跟人之间隔着厚重的壁障。宁远知道,他心中这种澎湃的悸动,程思华感受不到。他只能低沉而坚定地说:"上次那样的事情,以后不会再发生,我会保护你。"

程思华沉默地低下头,不知该说什么是好,但昏暗朦胧的月色下,她的大脑出奇地清醒,多少拥有美貌的女孩都因行差踏错反而为自己招来了灾难性的命运,她,绝不能沦为眼前这个男人的猎物,甚至玩物。

宁远则捂着腹部,不再言语。晚餐时他饮酒过量,又食用了辛辣的食物,现在胃里正如同翻江倒海一般,痛苦难耐。他步履蹒跚地倚靠着街边的树木,最终忍不住对着树坑呕吐起来。

面对宁远那几乎无法行走的虚弱模样,不论这是真的还是他装出来的,在工作中早已养成了细致入微待人接物习惯的程思华还是出于善意为他叫了一辆出租车。她小心翼翼地将他扶上车,并额外给了司机一些钱,叮嘱司机在到达目的地后,务必将宁远安全地扶至家门口。

送走宁远后,程思华回到了家,坐在书桌前,目光呆滞地盯着面前靠墙排列的窄书架,脑子一片混乱。

她试图放空自己的大脑,开始整理书桌前几排书架上的书。大学毕业前,程思华都很喜欢看书,但工作后,公司的各种忙碌,让那些她曾经钟爱的书籍就这样被尘封在这里。

在心神不宁之际,目光不经意间扫过了第二层书架的角落,那里有一只小蜘蛛,正不紧不慢地编织着它的蛛网。程思华读过一本名为《夏洛的网》的书,书中那只名叫夏洛的蜘蛛死去时,小程思华曾哭得泣不成声。从那以后,每当看到蜘蛛和蛛网,她心中虽仍有些许恐惧,却也不免生出几分天真的亲近感。以至于,此刻,当她看着书架角落的蜘蛛,反倒是暂时放下了心中的纷扰,开始观察起来,心中甚至开始幻想,这张小小的蛛网上会不会出现些什么,就像夏洛的网一样特别的奇迹。

然而,她盯着书架角落发呆了好一会儿,并没有看到什么奇迹。

小家伙一次又一次费力地织着网,程思华心里感慨着这弱小生命的蓬勃。

那晚,她睡得格外沉,睡到第二天早晨醒来时,前一晚发生的事情——无论是宁远酒后的失态,还是书架二层角落的小蜘蛛——都仿佛只是一场梦。

程思华迷迷糊糊地走到书架旁,蛛网和小蜘蛛依然在那里。

她又看了看镜子,雪白的肩膀上,昨晚因宁远抓她肩时用力过猛而留下的青紫痕迹,也依然清晰可见。

第七章　广告

之后的几天，宁远联系过她一次，被她推拒后，便没再联系过了，他好像消失在了她的生活中。

虽说程思华打心底里不想看到任何有关此人的消息，但宁远的消失还是让她不由得有些纳闷。大概那晚他真是喝多了吧，也是，这样一个经历过大风大浪还有过一段婚姻的成功人士，倘若真为她这个见过没几次的姑娘失去理智，才真的莫名其妙呢。

程思华的日程表上排满了各式各样的会议和培训，自她接任部门副总以来，许多事务都需要她边摸索边学习如何处理。好在顾清昀确如他所承诺的那样，为她铺平了道路，留下了丰富的学习资料和教程，甚至拉她进了一些行业交流群，让她能得以及时了解行业动态。

在这种边学习边工作的繁忙节奏中，程思华尽可能推掉了那些不那么重要的会议和培训。但是，作为升职后的必要环节，她必须前往深圳参加的高级管理培训却无法回避。

程思华几年来在工作中一直小心翼翼，从未出现过重大失误。

然而,她怎么都没想到,她前脚刚离开上海,后脚,自家公司、自家部门发出的一条她亲自审批过的广告,竟以一种近乎"惨烈"的方式出现在了新闻里。

这条广告通过一天的时间线,展示了蓝海集团的产品如何融入职场人士的日常生活。没想到,广告一经发布,招致了如此猛烈的批评和吐槽。短短一两天内,舆论迅速发酵,众多自媒体纷纷蹭着这一波热度,对蓝海集团发起了猛烈抨击。

批评的焦点异常明确,简单到让他们几乎无法辩驳。

广告中所展示的职场环境里,围坐在会议桌旁的管理层清一色是男性,唯一的女性角色——一位女助理,竟然只是在为男性端茶倒水。这个细节被迅速揪出、传播、放大,无疑触动了许多在职场中本就步履维艰的女性的敏感神经。

关于性别歧视的热议和批评声浪一波接一波——

"为什么坐在会议桌旁的都是男性?"

"为什么女性在这部职场生活广告短片中,只能扮演为职场男性服务的角色?"

……

新闻刚刚爆出不到半小时,黄静的电话就急促地打了过来。她的声音带着明显的不安:"程老师,关于这次广告的事情我真的很抱歉,这是我的失职,我没有严格把控细节,没想到这个细节会引起这么大的反响,真的很抱歉……"尽管黄静平时并不怎么亲近程思华,但这件事闹得如此之大,她身上的责任无可推卸,只好反复道歉,歉意中夹杂着些许尴尬。

程思华叹了口气,她知道责怪无法解决问题,而且每一条市场部推出的广告都经过了她的亲自审批。从策划案到文案撰写，再到拍摄前的最终审查，她都一一过目。这部广告成片完成后，也是她审阅并批准上线的。归根结底，作为第一责任人，她自己难辞其咎。尽管她有理由——毕竟她不是广告领域的专家，对于广告中的元素缺乏必要的敏感度和经验——但现实是，公司的形象已经受损。管理层不会关心她的经验背景，他们只看重结果。作为部门负责人，她必须承担起相应的责任。

程思华揉着太阳穴，头痛无比，然而，面对焦虑的黄静，她只能故作镇定，平静地说道："广告是公司形象的直接体现，任何微小的细节都可能被公众放大解读。现在不是追责的时候，谁都不希望发生这样的意外，最关键的是，我们必须迅速采取行动，减轻这次事件对公司声誉的负面影响，并在高层问责前准备好应对方案。"

"您说得对，我已经在和团队讨论如何补救。"黄静语气急切。

程思华继续说道："先立即撤下有问题的广告。同时，对所有正在进行的广告项目进行重新审查，确保没有类似的错误发生。我会起草一份道歉声明，稍后我们再详细讨论具体的补救措施。"

"好的。"黄静即刻应下，而后，她带着一丝犹豫，"对了，程老师……"

程思华见她支支吾吾，问道："怎么了？"

"没什么，您刚才说的我立刻去办。"黄静似乎咽下了什么话，程思华也没再追问，结束与黄静的通话后，她紧盯着电脑屏幕上不断刷新的负面评论，思考着对策。

这时，何志宏打来了电话，她迅速接起。

何志宏的声音在电话那头显得异常严肃："你已经看到最新的新闻报道了吧？"

程思华连忙回答道："是的，何总，我已经吩咐了广告组尽快把有问题的广告撤下。"

"明天务必赶回上海，我们面对面沟通。"

"好的。"程思华心头一凛，看来这事恐怕比她想得还要严重。

电话挂断，程思华立刻行动起来，她返回酒店房间，迅速整理好行李，然后叫了一辆出租车直奔机场。在赶往机场的路上，她通过手机预订了最近一班飞往上海的夜间航班。在飞机上，她开始起草了一份道歉声明。当她终于从机场匆匆赶回家时，时钟已经指向了凌晨一点。

这一夜，程思华几乎没有合眼。

次日早八点，何志宏到公司上班，快走到办公室门口时，看到的便是这样一幕：程思华一身正装，靠在墙边，腰微微弯曲，眼睛正看向两只手一起紧紧抓住的纸张，低垂着头，像个犯错的孩子一般。

听到脚步声，程思华抬头，白皙的脸上挂上两个明显的黑眼圈，眼睛布满了红血丝，匆忙向前两步道："何总，广告的事情很抱歉出了这么大的纰漏，是我没仔细审核。"

何志宏什么也没说，那张向来温和冷肃的国字脸上看不出丝毫他此刻的心情，推开办公室的门，何志宏径直走了进去，用眼神示意程思华跟进来。

"我昨天拟好了声明，早上和广告组的同事也讨论了解决方案，您过目。"程思华跟着何志宏进了办公室，随后把手里的两份文件递到了何志宏面前。

"思华,你先坐。"何志宏竟然没有直接责怪她,而是示意她坐下。

程思华太阳穴跳了两下,诚惶诚恐地坐在了何志宏对面的椅子上。

"那些流传的照片,你能告诉我究竟是怎么回事吗?"何志宏直截了当地问道。

"您是指那张广告的截图吗?"程思华抬头,眼神中带着一丝疑惑。

"我指的是你的照片。"何志宏注意到程思华一脸茫然,他微微一愣,"你还不知道这件事?"

他迅速解锁手机,指尖在屏幕上轻点几下,然后将手机递到了程思华面前。程思华低头一看,脸色瞬间变得苍白,她猛地站起身,手扶着桌子,嘴唇颤抖着:"何总,这……"

何志宏递到程思华面前的是一段聊天记录,内容大致描述了蓝海集团市场部新晋的美女副总,如何凭借一位高层股东的帮助,年纪轻轻便登上了高位。这位股东已有家室,而他的妻子曾当场撞破两人的私情,并对这位所谓的"小三"总监施以掌掴。

虽然文字中并未直接提及她和宁远的姓名,但聊天记录中附上了几张照片,包括她被迟瑾萱打的场景,她和宁远共进晚餐的照片,以及……宁远在她家楼下紧紧拥抱她的画面。

程思华手撑在何志宏的办公桌上,她的嘴唇失去了血色,双手不由自主地颤抖。何志宏看向她,目光幽深:"思华,不必紧张。宁总虽然是我们投资人,但你与他之间并无直接的业务往来和利害冲突,公司也没有相关的禁令。据我所知,宁总和迟瑾萱也已经离婚。如果你们真的在交往,那也是你的私事,非我所能干预。"

既然是非你所能干预的私事,又何必来问呢?程思华心里冷笑。

迟瑾萱如今已经成了公司销售部总监,然而何志宏并未称其为瑾萱或者迟总,程思华心里琢磨着何志宏对其直呼大名背后的意味,不知道是不是自己想多了,何志宏似乎并不喜欢迟瑾萱这位新来的销售部总监。

她直视何志宏的双眼,否认道:"何总,我和宁总之间没有任何不当关系。我们之间的所有工作接触都是公开透明的。至于研讨会那次,只是迟总的误会,我已经解释清楚了。"

何志宏的手指轻轻敲打着桌面,目光落在手机屏幕上的一张照片上——程思华和宁远抱在一起的那张,声音中带着一丝探究:"这张照片,也是误会?"

"那晚我和朋友吃晚饭,偶遇宁总的团队聚餐。宁总饮酒过量,我只是帮忙叫了车送他回去。"她的话简明扼要,虽然有些避重就轻,却也都算是事实。

见何志宏仍是一副狐疑的神情,程思华再次说道:"何总,我有男朋友,是我大学同学,我们在一起很久了。"

何志宏沉吟一下,问:"宁总知道你有男朋友?"

程思华的心稍微安定了一些,她轻声回答:"是的,何总,宁总知道。"

盯着程思华的双眼看了片刻后,何志宏相信了她,他知道程思华是个单纯的人。沉吟片刻,何志宏说:"这次的事在行业内外都引起了不小的波澜。你的责任不可推卸，暂时停职考察。至于黄静，降级到广告岗。这个新闻公关部门会接手后续的处理措施，你们就不必再插手了。"

停职？有这样严重？程思华脸色变了又变，她不知道是哪些因素让何志宏做出这样的决定，但知道在何志宏面前争辩无益，识趣地没做半分挣扎。

可那份解决方案不止涉及她一人，那可是她凌晨四点来到公司，和广告组同事们一起辛辛苦苦做出来的。

程思华轻声请求："何总，我们团队连夜制定的声明和解决方案，能否还请您过目？我相信这份方案能够缓解当前的危机，也能某种程度减轻公司的损失。"

"公司处分相关人员，澄清歧视职场女性、不给职场女性机会的流言，公众的火气已经被浇灭了一半。再加上时间的冲刷，相信这件事不久就能过去。内部外部对你不满的声音已经够多了，你不要再插手。"何志宏声音冷冽，不容置疑。

程思华仍站在原地，眼中闪过一丝倔强。何志宏见状，手扶着额头，显得有些无奈："我会把方案交给PR组参考。"

"谢谢何总！"程思华这才转身离开。

公共关系组效率极高，上午十点，已经发出了声明。内容冰冷、得体，以及……与程思华携广告组提出的方案毫无关系。程思华不由得苦笑，好歹PR也是自己手下的组，何志宏没把自己出的方案给他们她不意外，意外的是，PR组负责人李泽言竟然没有和她提前通一点气。程思华看着声明里说，对市场部副总监停职考察，广告组负责人降职处理，不由得扯了个微微苦涩的笑。

从一片狼藉中回过神来，程思华又想到了那些在社交软件里弥漫开的照片，头疼得快要炸裂。问题接踵而至，多到她几乎分不清应该先处理哪一个。她去茶水间接了一杯水，喘口气后，又坐回到自己的工位，感觉到周围同事们的目光——有的偷偷摸摸，有的毫不掩饰——都在注视着她。

疲惫、无尽的疲惫……程思华的内心一波又一波地遭受着折磨。这种痛苦与过去四五年工作中的辛劳不同，那时的疲惫还能通过睡眠和美食得到缓解。而现在，这种痛苦仿佛渗透到了她身体的每一个细胞，深深地扎根在她的心底，她找不到任何方法来缓解这种痛楚。

被停职考察，她自然也不再需要参加深圳的培训。然而，工作量并没有因此而有所减少。面对着堆积如山的任务，程思华努力打起精神，试图投入到工作中，却发现自己无法集中注意力。终于熬到了下班时间，她早早地回到家中，看了会儿书架上的那只似乎已经决定在此处安家的小蜘蛛，然后躺在床上，不到八点，便带着沉重的倦意沉沉入睡。

晚上十一点多，程思华睡得正沉，一阵尖厉的手机铃声突然划破了她卧室里的宁静。

"你和你们公司那个股东怎么回事？"周泽楷声音低沉，似乎是在压抑着某种情绪。

程思华猛地一惊，意识到周泽楷一定是看到或听到了什么。

"你怎么能怀疑我？我和他只是工作上的接触，我这两天累坏了，刚才都已经睡着了。"她脑袋还带着没睡醒的迷糊，声音中透露出一股浓浓的被吵醒的委屈。

"只是工作接触?"周泽楷似乎在电话那头忍耐着,随后冷笑一声,"你都和他抱在一起了,还跟我说你们没关系?别人看不出来,我还能看不出来吗?你俩搂搂抱抱难舍难分的地方,就在你家楼下!"

程思华理解周泽楷的愤怒,如果换成自己,肯定也会生气。于是她放软了语气,温柔地解释道:"泽楷,我和他真的只有工作上的接触,那天是他喝醉了,我扶了他一把,我和他之间没有什么,你不要误会了。"

"如果没有关系,他老婆为什么要打你?"周泽楷的话尖锐而直接,像一把刀子一样刺入程思华的胸膛。她瞬间从迷糊中清醒过来,坐直了身子,心中一阵绞痛。

"你看到她打我,想对我说的只有这些吗?"程思华强忍着心中的失望和痛苦,咬了咬嘴唇,轻轻地问,声音中没有让周泽楷听出她的哽咽。

周泽楷没有回答她的问题,而是继续说道:"异地四年,谁知道你背着我都做了些什么,难怪你升职这么快!"

明明是熟悉的声音,程思华却感觉到电话那头的人变得异常陌生,仿佛有另一个灵魂,占据了她爱人的身体。

"我们在一起这么多年,我在你眼里就是这样的人。"程思华的声音中带着一丝颤抖。

"我不是傻子,扶一把会像照片里这样紧紧抱住?"周泽楷声音冷硬,完全不似平时的温和,"我不是不相信你,但你也不能这样欺骗我吧!"

程思华在工作上已经承受了太多委屈,周泽楷的话更是让她感到心灰意冷,她默默地流泪,沉默不语。

察觉到程思华的沉默,周泽楷或许意识到自己适才一连串的话有些过激,他的声音柔和了一些,似乎冷静了下来:"我刚才的话可能有点过分,但那是因为我太在乎你了。你也试着理解一下我看到那些照片时的心情。等我周末回去,我们面对面好好谈谈。你要是累了,就继续休息吧。"

程思华哪里还睡得着,她轻笑了一声,不知是在笑谁,然后挂断了电话,环抱着膝盖,默默地发着呆,心中阵阵发痛。

第二天一早,程思华拖着疲惫的身躯来到公司。原本窃窃私语的同事们看到她都安静了下来,徐蓉蓉快步走到程思华身边,脸上挂着八卦的笑容:"天哪,思华,宁总居然在追求你呢。"

"你在说什么?"程思华困惑地看着她。

"你呀,2G网络又断线了?快上网去看看吧……"徐蓉蓉笑嘻嘻地说道。

原来,昨晚凌晨,宁远在自己的朋友圈和微博上发布了两条相同的声明,并附上了他和迟瑾萱的离婚协议。离婚协议显示,他们在两年零八个月前就离婚了。程思华愣愣地看着宁远晒出的聊天记录,第一张图片就显示他们几个月前才加上微信,她是小三的谣言不攻自破。

她一页页翻看着,从未如此认真地读过宁远发来的信息——

"思华,今天我前妻误会了我们的关系,对你动手,我很抱歉,请你给我一个当面道歉的机会。"

"思华,一起吃晚饭吗?"

"思华,有工作上的事想请教,下班后方便我来找你吗?"

……

程思华自己都觉得意外，原来她一直忽略的来自宁远的信息，竟然有这么多。除了那次酒后失态，宁远对她始终保持着绅士风度，从未强迫过她做任何她不愿意做的事情。

而宁远贴出来的最后一张截图，是她那晚后唯一的一条回复——

"宁总，我有男朋友，请您自重。"

宁远在声明中明确表示，他和程思华之间只有工作上的交集，是自己单方面对程思华产生了好感，并且已经被明确拒绝。他承认是酒后失态强行抱住了程思华，照片是他前妻找人偷拍的。宁远最后一句话是："在此，我郑重向程思华女士道歉，是我的个人情感给你带来了不必要的困扰。"

目睹宁远这样身份的人，为了保护她的名誉，不惜牺牲自己的形象，公开了自己一直小心翼翼保护的私事，程思华握着手机的手指关节轻微发白，内心难以抑制地涌起了波澜。

第八章　裂痕

程思华决定辞职。

既在深思熟虑后，也在某种冲动的驱使之下。

她也曾认为自己性情偏理性、冷静，工作里大多事，都能摒弃情绪，处理得相当不错，怎么都不会想到，有一天，她会做出这样不顾一切的决定。放在半年前，这是她想都不敢想的事情。

事情发生在程思华周四下班后。像往常一样，她回到家里，坐在了书桌前，打开电脑。

在等待电脑启动的间隙，她习惯性地抬头望向书架第二层的角落，那里放着她那只不寻常的小宠物——常人难以理解的宝贝。

咦？左找右找，却只能看到粘连着的一两根细微到几乎看不见的丝。

程思华冲出房间，颤声叫道："妈，你是不是擦我书架了？我不是说过让你不要收拾我的房间吗！"

她多希望母亲说没有，多希望小家伙只是挪了个窝，搬了个家。

"是啊,你那房间脏的!你看现在,是不是干净多了。"

母亲的声音从厨房远远传来。

那一瞬间,好像有什么锋利的东西刺穿了程思华心上一层薄膜,一层这么多年来将她的心安妥包裹着的薄膜。她怔在原地,心里又痛又涩,张了张嘴,吐出的却只有呜咽。

日复一日努力地编织,还是活成了尘埃。

生命的意义究竟是什么呢?

会不会也有人从某种视角,同样这样悲悯地遥望也俯看着她的人生。

程思华捂着心口,仿佛这样就能压住那里的暗伤,连绵不绝的不知因何而起的疼。

想到了工作以来的这四年,想到顾清昀,想到总经理何志宏,想到董事长梁永,想到几十年后她可能会走到或走不到的位子,那样循规蹈矩随波逐流的人生路径,看起来有丝丝缕缕的道路和选择,却是她的网,深深缠绕了她四年多的网。

许多念头早就在她大脑中盘桓,只是这晚,她格外绝望。

第二天下班前几分钟时,思考了整整一天一夜的程思华,终于还是递交了离职申请,在没有知会任何人的情况下。

这是程思华四年工作生涯中,第一次在周五没有背电脑,轻松地走出公司大门。她感到身体前所未有的轻盈,嘴角也露出了这段时间以来难得一见的真正笑容。

然而,当她看到公司门口手捧一大束玫瑰花等待着的周泽楷时,这抹笑意瞬间消失了。

周泽楷见到程思华出现,迅速迎上前去,本能地想要拥抱她,却在见到程思华几乎可以称得上是冷漠的眼神后,双手在半空中停住了动作,僵在那里。

"你怎么来了,也不提前告诉我一声。"程思华打破了周围的尴尬气氛,注意到同事们陆续从公司走出,她不希望在公司门口成为众人目光的焦点,于是慢慢向马路边走去。

"我今天发的信息你都没回。"周泽楷的声音中带着一丝委屈。

"我看到了宁远发的那些信息,都是他对你心怀不轨,我误会你了,是我不好。"见程思华依旧沉默,周泽楷继续说道,"思华,我知道我错了,我们不要再冷战了,好吗?"

归根结底,周泽楷看到那些照片时的愤怒是可以理解的。然而,想到那些锋利如刀、丝毫不像爱人口中能说出的话,程思华的心中却始终感到一种难以释怀的压抑。面对周泽楷此刻与前晚截然不同的态度,一种前所未有的陌生感不断涌上心头,让她的心中更加沉重。

这是他真实的样子吗?相爱的这些年,她的眼前是否一直笼罩着一层对于他的滤镜,这滤镜让她只捕捉到他的那些足以让她心动的恋爱属性——温柔、体贴、浪漫、有趣……而忽略了一些或许是更为重要的东西。

两人沿着路边默默前行,逐渐走向人迹稀少的地方。周泽楷的手温暖地覆住了她的手,像曾经无数次和她闹别扭后一样。但这次,程思华清楚地感觉到,有些事情已经改变了,虽然她还没弄清楚改变的究竟是什么。

当他们走到行人稀少的路段时,周泽楷加快了步伐,站在程思华面前,凝视了她的眼睛片刻,然后俯下身,紧紧地将她拥入怀中。

"思华,我不该怀疑你,你能原谅我这一次吗?"周泽楷在她耳边低声恳求。

街灯洒下柔和的光晕,夜色中的微风轻轻拂过,带着一丝凉意。沉默了很久,最终,程思华还是抬起了双手,环抱住了他的腰,将头靠在他的胸膛上,闭上了眼睛,将呼之欲出的酸涩忍了回去。

在一个女孩短暂的青春里,又能有几个七年?

她真的拥有说"不原谅"的权利吗?

程思华心中充满了无尽的悲哀。

在餐厅里,两人面对面坐下,点完菜后,程思华直视着周泽楷的眼睛,平静地说:"我今天提交了离职申请。"

听到这话,周泽楷震惊得差点将刚喝进嘴里的水喷出来。

"什么?你说什么?"他难以置信地又问了一遍。

"我说,我离职了。"程思华的语气依旧平淡。

"下一份工作是哪里?什么职位?待遇如何?你怎么什么都没告诉我,就自己偷偷换了工作?"周泽楷惊问道。

程思华瞥了他一眼,缓缓回答:"昨晚决定的,还没找下家。"

周泽楷的脸色变了又变:"你知道你的工作和待遇有多少人羡慕吗?"

看到程思华沉默不语,甚至是气定神闲地吃着饭,周泽楷感到阵阵不安,忍不住劝说:"思华,这个决定太冲动了,现在撤销还来得及。你不应该因为被停职就赌气辞职,停职并没有影响到你的收入,以你的年龄和资历,在蓝海集团即便是当一个主管都已经很不错了,更何况你还是一级部门的副总监,上头又没人,你可是一把手啊。虽说目前遭到停职,但你依旧是部门的核心人物。你仔细想想,哪里还能找到像这样的机会和待遇?"

"周泽楷,你明白吗?"听完周泽楷一连串的话,程思华轻抿了一口茶,轻声说道,"我感觉自己从出生开始,就像是被困在一张无法逃脱的精密大网中。读书、学习、努力实习、拼命工作,似乎都是为了企业的营收,为了极少数人的利益。我奉献出自己的时间和劳动力,换取着生存的权利,哪怕做得再好,也有随时被踢出局的可能。这不是我想要的人生。我一定得弄清楚,我这一生,想要的究竟是什么,而不是让这样看起来光明实则混沌的日子一直延续下去。"

周泽楷对她这番话不以为然,声音中带着责备:"你明不明白,你现在不屑一顾的这一切,都是别人梦寐以求的?社会本身就是一个价值交换的场所,人生来就不可能处处公平。你已经拿到了一手令人羡慕的好牌,为什么要放弃那些别人努力争取都未必能得到的东西?你一直是个很理性的人啊!"

"你说得有道理,你一向是个务实的人,这是你的优点。"程思华轻声回应,目光与周泽楷带着一丝期待的目光相接,而后无比坚定地说道,"但我心意已决。"

周泽楷手撑在额头上,凝视着程思华那波澜不惊的面容,感到一阵阵头痛。片刻的沉默后,他带着无奈的语气追问:"那你接下来有什么打算?"

"目前还没有明确的计划,"程思华回答,"现在的积蓄也足够我维持生活。我打算先休息几个月,给自己一些时间来沉淀。"

"一旦你离开职场,想要再回来,可就没那么容易了,即便能回来，也得脱一层皮。"周泽楷眉头紧锁。

"这是我自己的人生，你可以选择离开我，但你不能替我选择我的人生。"程思华的话语中透露出一种决绝。

看着程思华那变得陌生的面无表情的脸，周泽楷心中涌起一股深深的无力感。他轻轻地将手覆盖在程思华的手上："我不是那个意思，不管怎样我都会在你身边，我只是担心你将来会后悔……"

"那就请尊重我的选择。"程思华的声音中没有一丝情绪的波动，冷冷地传到周泽楷的耳边。

过了好一会儿，周泽楷艰难地吐出了一个字："好。"

下定决心离职的程思华，没打算给自己留退路。

她先去做了一个炫目的粉色猫眼美甲，接了长长的睫毛，然后又将自己的头发烫染成了金色的鬈发。她本就长相甜美，眼睛大而明亮，如今一番折腾后，更是显得像极了一个活生生的洋娃娃。虽然无论是爪子，还是脑袋，"制作"好的成品的最终效果都和她想象的，怎么说呢，有些不同，但程思华心里仍是热腾腾的。

毕竟，这一切，可都是不被对员工形象管理向来苛刻的蓝海集团所允许的。

然而，放纵地折腾完，程思华心里又不由得涌起一阵阵空虚和自责。这样的"报复"方式似乎有些低级和幼稚，但也许正是因为年轻，又也许是因为实在压抑了太久，她还是忍不住这样做了。

周一的早晨，程思华像往常一样踏入了公司。根据公司的流程，即使她已经提交了离职申请，她仍需在公司工作一个月，以确保工作的顺利交接。

一走进公司，从前台的工作人员到其他部门的同事，再到市场部的同事们，所有人都对她的新发型投来了惊愕的目光。程思华意识到自己现在看起来活脱脱就像一个叛逆的少女，但她挺直了腰板，面带微笑，比以往任何时候都要热情地向每一位遇到的同事打招呼。

坐在工位上，电脑启动的蓝光闪烁着，程思华的思绪也随之飘远。她在心里默默地揣测着何志宏看到那封离职申请邮件后的反应。她预计何志宏会亲自邀请她去办公室，试图说服她改变主意，挽留她。她甚至带着一丝顽皮的好奇，想象着何志宏看到她那一头耀眼金发时的惊愕表情。

程思华对这位总经理一向并无好感，她对他的管理风格和为人处世都感到厌恶。如果能够哪怕是小小的恶心他一下，她也觉得是一种解脱，甚至是一种小小的胜利。

意想不到的是，当程思华打开电脑邮箱，映入她眼帘的，竟然是何志宏回复的批准她离职的邮件，并且，这封邮件还抄送给了徐蓉蓉：

"同意，尽快和徐蓉蓉完成交接。"

这行字简洁得几乎不带任何感情，程思华一时愣在了那里。尽管她早已下定决心，即使何志宏试图挽留，她也不会改变主意，但面对这封毫无挽留之意、冷冰冰的邮件，她的心中还是不禁涌起了一丝尴尬和失望。

她将自己生命中最好的四年，毫无保留地奉献给了这家公司，对，就是奉献。不加班的夜晚屈指可数，加班是常态，业绩和指标的压力如影随形，自从顾清昀离开后，作为部门副总的她更是肩负了加倍的工作量和责任。最近的年度体检结果显示，她年纪轻轻，却已经患上了严重的脊柱侧弯。

她以为自己做得足够好，事实上，她也的确做得出色。然而，对于何志宏，对于蓝海集团而言，她的付出和努力又算得了什么呢？似乎什么都不是。也是，他们连顾清昀都说舍弃便舍弃，更别说小小一个她。

难道只是何志宏，只是梁永冷漠无情吗？程思华有些悲哀地想，冷漠的或许更是这个庞大体系的运作规则，她转得无论多么辛勤，也注定只是一颗小小的螺丝钉。怪不得顾清昀年薪百万都要离开，这一刻，程思华总算懂得了顾清昀想要的股权背后的话语权，或者说，某种尊严。

徐蓉蓉带着难以掩饰的喜悦走到程思华身边，她从未如此真诚地赞美道："思华，你的新发型太美了，就像个洋娃娃！"

程思华迅速调整了自己的表情，装作若无其事地微笑回应："是吗？谢谢。"

"我早上看到何总的邮件，你竟然辞职了，动作真快啊。你这是要去哪里高就呀？"徐蓉蓉好奇地打探。

程思华避开了徐蓉蓉的问题，说道："蓉蓉姐，交接的工作还有很多，我先整理一下，然后打包发给你。"

"好的，那就辛苦你了！"徐蓉蓉没有继续追问，反正对她来说，只要程思华离开蓝海集团，腾挪出位置给她，就足够了。

随着时间的推移，一些与程思华关系还算融洽的同事也陆续前来询问，但程思华都巧妙地回避了他们的问题，对于自己为何辞职以及未来的打算，她没有透露半点信息。她已经深刻地认识到，职场中的所谓"关系好"，尤其在他们市场部内部，利益纠葛中，又能有多少真情实意呢？无非因为利益而聚集，又因利益而分散。在她有价值、有地位的时候，自然不乏那些前来示好的人。因此，到了这个地步，许多多余的话都没有必要再说出口。

程思华未料到，何志宏没有找她谈话，反而是梁永——那位她作为部门副总都难得一见的集团董事长，竟然亲自给她打了电话，要求她去办公室面谈。

梁永为什么会找她？程思华心中虽然疑惑，但她想，既然已经决定离职，也便没什么好怕的了。董事长办公室和他们市场部虽然位于同一栋大楼的不同楼层，但是程思华平日里很少涉足。她带着一丝紧张的心情，乘坐电梯来到了楼上，站在梁永办公室的门前。或许是因为董事长的威严，她此刻不禁感到脸颊发热、泛红，手也微微颤抖。她握紧拳头，深吸一口气，然后敲门，走进了办公室。

"梁总，我是程思华，您找我。"她的声音尽量保持平静。

梁永双手交叉，手指紧扣，下巴搁在交叠的双手上，目光从程思华那耀眼的金发缓缓移至她的脸庞。他的眼神中闪过一丝诧异，但很快就像看待一个顽皮的孩子一样，轻轻笑了笑，随即恢复了那种看不出任何情绪的常态，只剩下那种高位者特有的、居高临下的审视目光，以及那几分看似温和却未达眼底的锐利笑意。这是梁永脸上标志性的和蔼笑容，但程思华清楚，那温和的外表下，隐藏着多少果断和冷酷，他从不是一个真正和蔼的人。

在梁永的注视下，程思华感到了一丝局促。

"我记得你，思华，坐。"梁永终于说话了，声音中带着一丝不容置疑的温和。

程思华轻轻地拉出椅子，坐了下来。

"你离职了？"梁永问道。

程思华点了点头："是的。"她心中明白，梁永找她必然与她的离职有关，但她不解的是，何志宏——那个直接受到她离职影响的直系上司——都并不在意，日理万机的梁永却为何要特意过问此事。

"我能了解一下你离职的原因吗？"梁永脸上依旧挂着和蔼可亲的笑容。

程思华觉得有些不可思议，在蓝海集团这样等级森严的环境中，按理说她是没有资格见到集团董事长的，梁永却在这里亲切地关心起她离职的原因。

不过，既然梁永开口询问，程思华决定不再拐弯抹角。她已经递交了辞职信，公司对她的约束不复存在，说白了，他们不能再拿她怎样，她可以直言不讳。

程思华坦率地说："梁总，我实在是筋疲力尽。常常加班到深夜，基本没不熬夜加班的时候，也常常饿着肚子直到八九点才能回家吃饭，这还不算，日常工作中不仅要应对客户，还要承担部门负责人的巨大压力，顾总走后，这种压力尤甚。请您见谅。"

梁永点了点头，似乎对她的处境表示理解："那么，你对未来有什么打算？是已经找好了下家吗？"

程思华沉思了片刻。面对梁永的询问，她不能再像对待其他同事那样敷衍了事。只是，如果直接说还没有找到工作，似乎显得有些尴尬。于是，她像是想要证明自己的价值，迎着梁永审视的目光，鼓起勇气，轻声说道："也许，我会尝试自己创业。"

"创业？"梁永微微一愣，随即露出了一丝微笑，意味深长地说："人生没有那么多戏剧性，每一步都是脚踏实地走出来的。对于刚工作几年的年轻人来说，对生活抱有一些幻想也是正常的。我得告诉你，公司给你的待遇并不差，何总对你的工作能力也很认可。这次广告事件对你进行停职处理，是为了给公司内外一个交代。不要因为一时的冲动就放弃，一点小挫折就承受不住。等到明年年中，如果没有意外，你还是有机会得到提升，你今天的辛苦将来会得到回报。"

这番话，既是对她的警醒，又是对她的提点。梁永几乎是在暗示她，未来他会提拔她成为部门总。程思华不明白，为何何志宏对此无动于衷，而梁永却亲自出面挽留。梁永表面上看起来温和，但行事风格一向果断、严厉，不像是那种亲民又惜才的人。

她意识到，这背后一定有什么原因。

不过，她的困惑短暂而过。转念一想，程思华恍然大悟。

第九章　远方

程思华露出了一丝苦涩的微笑，直截了当地问："梁总，是宁总让您来留一留我的吧？"

梁永神情微微一变，他回答道："思华，你有魅力，也的确有能力，四年来的工作成绩一直出色，是我个人认为你的离职对公司是个损失，所以才希望你能再慎重考虑一下。"

尽管心中已经有了答案，但看到梁永似乎因为受人之托而不便明说，程思华没有继续追问，而是礼貌地回应："梁总，感谢您的认可。在蓝海的这四年多时间里，我学到了很多，也成长了很多。做出离职这个决定对我来说并不容易，我也下了很大的决心，希望您能理解。"

梁永见她去意已决，便没有再多说什么，只是轻描淡写地留下了一句话："一个月内，如果你改变主意，还来得及。"

程思华再次真诚地表达了感谢，随后离开了梁永的办公室。

她的猜测很快得到了证实，因为第二天，宁远的电话就打了过来。

"为什么辞职,是因为我吗?"

程思华这两天已经被问及太多类似的问题,但面对宁远,想到他在网络上为了维护她所做的努力,她没有敷衍宁远,而是坦诚地回答:"不是因为你,也不是因为任何人,这是我自己内心的选择。"

沉默了一会儿,宁远开口了:"来惠宁保险吧,做市场部总监,我保证你的待遇不会低于蓝海市场部总监的标准,怎么样?"

"不去,我不需要你的帮助。"程思华果断地回答。惠宁保险的市场营销工作,正如宁远所描述的那样,复杂而混乱。她不想刚刚逃离一个困境,又跳入另一个困境。

她更不想重蹈迟瑾萱的覆辙。

如今,迟瑾萱虽然在宁远的运作下坐上了销售部总监的位子,但公司内部的流言蜚语从未停歇。尽管在回归家庭生活之前,迟瑾萱也曾在另一家知名公司担任销售部总监,但她已经远离职场多年,面对蓝海集团深不可测的复杂局势,每次稍有不慎,都会成为同事们私下议论的焦点。迟瑾萱一回职场就直接从一级部门总做起,工作中纰漏自然不少,何志宏和同事们虽然嘴上不说,心里对迟瑾萱这个关系户的反感程度与日俱增。

程思华与她有过几面之缘,无论是从她的眼神和举止中,还是从何志宏对她的态度中,程思华都能看得出,她的日子并不好过,甚至忙到无暇顾及其他——原本,程思华还以为迟瑾萱会对自己搞一些小动作,没想到两个人共事的这段时间,关系出人意料地风平浪静。

她们都在各自的生活中奋力挣扎着。同为职场女性,程思华看到迟瑾萱的困境,内心也不禁生出一丝同情,对于迟瑾萱过去对自己的冒犯，更是不知不觉从心底里选择了放下。

"你不觉得自己的决定有些冲动和草率吗？"宁远追问。

程思华沉默了。她没有辩解，只知道自己一天也不想再待下去。自从顾清昀离开，自从那天无意中录下了徐蓉蓉和黄静的谈话，公司残酷的真相就一点点在她眼前撕裂开。

她还年轻，不想在这里继续消耗青春，直到变成另一个徐蓉蓉，变成另一个何志宏、梁永……那些她从心底里并不喜欢的人。

她也不想活在密密麻麻的各项指标之中，和同事的评价里。

这里早已不再是她当初热爱的环境，或许从来都不是。是顾清昀，那个只关心工作、她曾经总觉得不近人情的部门总监，为部门营造了一种相对单纯的氛围，并在某种程度上保护了她。

"你太年轻气盛。或许，有些机缘，实力不够的时候，是把握不住的。"宁远叹了口气，最后说道。

程思华听出了他话语中的高高在上和审判意味，心中自然感到不快，便不再回应。宁远也最终没有再多说什么，他心中悲哀而又不失理性，程思华有自己的父母、男朋友，他有什么立场去干涉她呢？

一个月的交接期转瞬即逝。周泽楷曾几次劝说程思华改变主意，但见她始终坚定不移，最终也选择了放弃。宁远也回归了他一贯的体面姿态，没有再打扰她。

最令程思华出乎意料的，是她父母的反应。她原本以为父母会强烈反对，但当她鼓起勇气，做好心理准备，准备迎接一场风暴，将裸辞的消息告诉父母时，他们竟只是短暂地露出了惊讶的表情。父亲沉默着，像什么都没发生一样，继续喝着他碗里的粥。周芸的脸上也异常平静："那么累的工作，辞了就辞了。"

他们竟然没有追问程思华辞职后的生活安排。想到母亲多年未工作，父亲的收入对整个家庭的开支而言也不算高，他们却并没有责怪她放弃了这份高薪的工作。或许是因为和父母太过亲近，程思华向来不擅长表达自己的情感。她低头默默地吃饭，不说话，心中却仿佛被一层薄薄的雾气笼罩。

这雾气，从心底升起，渐渐升腾弥漫到了她的眼中。

程思华提着一个空荡荡的大行李箱，来到了公司，这是她在交接期的最后一天。她已经提前完成了所有的交接工作，今天来是为了在人力资源部办理最后的离职手续，并且将留在公司的个人物品打包带回家。

当她完成了最后的流程，归还了电脑、鼠标等物品给信息技术部后，拖着装满书籍和杂物的行李箱准备离开时，徐蓉蓉手持一束鲜花走了过来，拦住了她的去路，脸上带着即将落泪的伤感。部门的同事们也纷纷围了上来，依依不舍地与她告别。若是半年前的程思华，或许会被这样的场景感动得热泪盈眶。然而现在，这样的场面并没有丝毫触动她的情感，反而让她感到有些不自在。

"听说连梁董出面都没能留住你，思华，你接下来有什么打算呢？我们真的会想念你的。"徐蓉蓉紧握着程思华的手，开始不停地说着感人的离别之词。程思华静静地注视着眼前这位表演艺术家，感受着手中传来的湿滑不适。

徐蓉蓉或许误以为她即将跳槽到一个更优越的公司，这才拒绝了梁永的挽留。这一个月来，同事们背后充满了各种议论和揣测，如果她真的有这样的去向，对他们而言，她依旧是有价值的。

注意到徐蓉蓉脸上的笑容变得有些生硬，程思华意识到，自己那冷淡且不符合徐蓉蓉期待中伤感的麻木表情，无疑让徐蓉蓉感到了尴尬。然而，程思华内心却涌起了一股前所未有的自由感，她终于可以卸下伪装，想笑就笑，想不笑就不笑，这种解脱让她感到无比畅快。

在一番最后的寒暄之后，程思华拉着行李箱，带着复杂的情绪走出了蓝海集团的大门。在楼下，她叫了一辆出租车，然后转身，再次凝视着大楼上那四个金色的大字——蓝海集团，这里是她从21岁到26岁度过的地方。

虽然这段日子充满了艰辛，但也是她人生中一段难得而美好的时光，尤其是与顾清昀共事的几年，她感觉自己像是经历了生命的飞跃，获得了拔节般的成长。

这样的结局，她心里不是不遗憾的。

回到家中，程思华更是感到一种深深的空虚，仿佛生命中的某个重要部分被生生剥离，留下了一道血淋淋的缺口。她知道自己告别了一些非常重要的东西。

程思华并没有急于规划自己的下一步职业道路，而是决定先让自己的心情放松一下。她对自己充满信心，在蓝海集团这样人才遍布的地方，她无论是能力还是晋升速度都名列前茅，又拥有着强大的学习能力和自我驱动力，即使目前没有工作，她对未来的前景也并不感到担忧。

在和父母进行了一系列斗争和争取后，程思华终于说服了一直担心她安全问题的父母，买了一张去西藏的单程火车票。那是她从大学开始就一直想去的地方，可惜工作四年都没有时间去。

去多久呢，两周、三周，还是一个多月？程思华没有明确的计划，她想，这次要完完全全地按照自己的心意来。

程思华买的是绿皮火车卧铺车厢的下铺，刚收拾好行李，便懒洋洋地靠在枕头上，专心地看着手机，向周泽楷汇报着自己的行程。这时，坐在对面下铺的一位女士笑意盈盈地主动向她打招呼。

"小姑娘，一个人去西藏吗？"她看起来十分友好。

程思华抬头，这才仔细打量了一眼这位自上车以来她未曾多加留意的女人。女人大约三十五六岁，体态丰腴，眼睛细长，有些浮肿。她的皮肤是健康的棕褐色，那是长期日晒留下的痕迹，平平无奇的面容，却散发着一种特别的美。这种美似乎来自她那极具感染力的笑容，灿然的笑容牵动了她脸上的每一块肌肉，然而，眼角和眉梢因此而生出的细纹不仅没有减损她的魅力，反为她的美增添了一种扑面而来的生命力。

程思华热情地回应："是的，我是一个人去。你也是吗？"

女人点了点头："这是我第三次独自去西藏了！看你年纪轻轻，一个人进藏，家里人还真是放心。"她带着一丝好奇，笑眯眯地打量着身材娇小看似柔弱的程思华。

"我爸妈一开始是坚决反对的，不过我还是说服了他们。"程思华俏皮地一笑，"现在旅行各方面都很方便，只要不去那些人迹罕至的地方，安全是有保障的，而且一个人旅行，自由自在。"

女人眼中闪过一抹赞赏："像你这样独立的女孩子，现在真是不多见了。"

"你也是啊！"程思华笑道。

"我都是漂泊了七八年的老手了。"女人笑眯眯地说。

程思华惊讶地看着她，脸上写满了好奇："你不用工作吗？"

"我七八年前就从一家互联网大公司辞职了，以前是做运营的，现在呢，我成了一个环游世界的数字游民。"女人答道。

程思华还是第一次听到"数字游民"这个新奇的词汇。

看到程思华一脸困惑，女人微笑着，简洁地解释着："所谓数字游民，就是利用互联网和数字技术，从事可以远程完成的工作来维持生计，根据自己的喜好在全球各地旅行，不再受传统朝九晚五工作制和固定工作地点的束缚。"

这番话让程思华听得目瞪口呆，满是羡慕："真是太厉害了，能通过电脑赚钱，自由自在地到处飞，这可不是一般人能做到的，我连想都不敢想。"

"这不仅仅是能力的问题，更多的是选择的问题。"女人的目光投向远方，似乎在回忆着什么。

"若没有几分本事，又哪来底气做出这般孤注一掷的选择？"程思华喃喃自语，她想到了自己，她选择裸辞，内心并非毫无忐忑，只是心底始终也有份笃定——哪怕目前还暂时未能寻到她人生的坐标，凭本事让自己衣食无忧的底气，总归是攥得牢牢的。

女人哈哈大笑："姑娘，生活并不像你想象得那么浪漫。刚开始的几年，我尝试过各种各样的工作，做过家教，洗过碗，尝试过创业，生活似乎有所好转时，我在欧洲和别人合伙开了一家小花店，结果被合伙人骗走了我在大厂工作时攒下的所有积蓄。她携款潜逃，我独自一人在意大利，那时，我身上所有的钱加起来只剩下了9欧元。"

"天哪！"程思华惊得坐直了身子，头重重地撞在了上铺的床板上,她揉着头顶,急切地问道,"然后呢?然后呢?报警了吗?"

"报了,但是,你也知道的,那是在欧洲,他们的警察……"她笑着摇头,目光平静,仿佛在讲述别人的故事。

程思华眼中充满了同情。

"不必用那样同情的眼光看我哦。"女人的笑容更加灿烂,"多亏了我之前工作过的那家大公司的名气,这几年我在网上给别人做职业辅导,去年终于还清了债务,现在生活好多了!"

听到她轻描淡写地讲述这些曾经惊心动魄的经历,程思华的脸色变了又变,想要说些什么,最终却默默地咽了回去。

"我刚说啦,这只是个人选择的问题。我厌倦了过去那种夜以继日加班、在我个人看来毫无意义的工作,选择了现在的生活方式,自然也要承担相应的代价。那些留在大厂的同事们,他们也做出了自己的选择,付出了他们的代价。"

在前往西藏的旅途中,程思华与这位名叫秦雨城的姐姐断断续续地聊着天,抵达目的地时,两人已经结成了朋友。程思华本就没有明确的旅行计划,在秦雨城的热情邀请下,便跟着她来到了一处专为远程工作者打造的共享空间。这里装饰简洁,融合了当地特色,里面坐满了背着电脑包的年轻人。空间内设有咖啡区、阅读区和办公区,几张宽敞的桌子旁,六七个年轻人零散地坐着。

"欢迎来到'云端驿站',在这里,你可以一边工作一边感受西藏的美好。"秦雨城笑嘻嘻地介绍道,"你看,那个戴着眼镜的男生是程序员,他正在开发一款环保软件;旁边那位女生是自由撰稿人,正在写一本关于西藏文化的书。"

这些年轻人来自不同的行业,却都透着程思华所不具备的特质——一种从容不迫的松弛感。程思华微笑着和大家打招呼，择了个靠窗的位置坐下，打开电脑，目光却不由自主地望向窗外。远处，布达拉宫在蓝天白云的映衬下庄严肃穆；街道上，三三两两的藏民手持转经筒，沿着八廓街顺时针缓缓前行，暗红色的藏袍与手中的鎏金经筒在阳光下熠熠生辉。

"他们为什么要这么做？"程思华轻声问道。

秦雨城望向窗外的转经人群，语气沉静："这是藏民们传承千年的生活方式，绕着大昭寺转经被称为'转廓拉'，八廓街也因此得名。对他们来说，每一次转动经筒，每一步虔诚的步伐，都是在积累善业。"

程思华一怔，她想起自己过去的这四五年，每天对着电脑修改方案到深夜，那些反复调整的 PPT、被推翻的创意稿，何尝不像转经者重复的脚步？

"日复一日重复同一件事，不会觉得枯燥吗？"她轻声问，声音里还浸着写字楼灯光下累积的疲惫。

"我倒觉得，快节奏把人逼成了不停旋转的陀螺，反而是这些缓慢坚定的步伐，能让人看清脚下的路。转经的人看似在重复，实则每一步都带着虔诚与专注，他们把平凡的行走变成了修行。"

"而且，"秦雨城搅动着手里的茶杯，"转经是他们积累善业、寄托信仰的方式。就像你裸辞，来这里，不也是想寻找比 KPI 更重要的东西，找到自己的某种'信仰'吗？"

程思华低头盯着杯中晃动的茶影："我裸辞是因为觉得自己被困住了，很不自由，我想逃到一个没有会议提醒的地方喘口气。"

秦雨城望着窗外被风掀起一角的五彩经幡，轻轻笑了："你看那些转经人，即便一辈子走不出高原的群山，心也能像鹰一样掠过雪山。或许你要找的不是空间上的'逃离'，而是——"她指尖轻点自己的心口，茶烟氤氲中，目光清亮，"在任何处境里都有给自己掌灯的能力。"

程思华似懂非懂地望着秦雨城眼角的笑纹，突然觉得有什么东西在胸腔里轻轻震动，远处传来悠长的法号声，如同一缕揉碎的云，轻轻漫过木窗。

在拉萨的日子里，程思华跟着秦雨城去了纳木错、羊卓雍措，也去了色拉寺听辩经。在色拉寺的辩经场上，僧人们激烈的辩论声此起彼伏。程思华虽然听不懂藏语，但却能感受到那种对真理的执着追求，这种执着给程思华一种格外熟悉的感觉。

十五天就这样悄然过去。

返回上海的火车上，程思华倚靠在卧铺软绵绵的枕头上，凝视着窗外不断交替变换的景色。有时火车会停靠在喧嚣的城市，有时穿越起伏的山峦，更多的时候，则是穿过大片寂静的田野。

人生亦如是。她生命的列车似乎也行驶在预设的轨道上，岁月流转，以为的不断变化的未知风景，也许和这趟列车一样，早已有了既定的轨迹。

那么，生活的意义究竟何在？自由又在何方？

"秦雨城们"选择的数字游民般的流浪生活，就是真正的自由吗？

那些在大厂里辛勤工作的年轻人，就一定是不自由吗？

在这种极致的拉扯和追问中，程思华清晰地感知到灵魂正被两股力量生生撕扯着，却又在这疼痛的缝隙里，隐隐触碰到了某个模糊的答案。

第十章　合同

随着夏日烈阳的渐行渐远,秋天悄然而至。

七个月后,坐在图书馆靠窗位置的程思华,目光穿过透明的玻璃,凝望着窗外早秋的天空。天空被层层叠叠的厚重云层覆盖,既显得宁静,又隐含着一股暗涌的力量。

她的目光追随着云朵的缓慢移动,观察着它们每一次的变幻和聚散。努力试图穿透云层的阳光,一番挣扎后,于云层缝隙间洒下斑驳的光影。窗外的人间,便更显朦胧。

自离职以来,程思华大部分时间都在这家图书馆里度过,但今天,还是半年多来,她第一次有心情也有精力去欣赏窗外的景色。

"思华,工作的事情搞定了。"周泽楷的声音在她耳边响起,温暖的手掌盖在了她的头顶,带着笑意低声说道,"在想什么呢,小呆瓜?"

周泽楷的声音虽低,还是让程思华微微一惊,她抬头,只见他今日身着一套黑色西装,西装的剪裁衬托出他的挺拔身姿,散发出一种不同于往常的正式与庄重。

程思华环顾四周,发现图书馆内空无一人,才想起现在是周五的上午,正是上班时间,图书馆里人不多。如果不是因为周泽楷请假回来面试,他也不会出现在这个地方。

突然间,程思华反应过来,意识到了周泽楷适才所说的"工作谈好了"意味着什么。

"面试通过了吗?昨天早上才面完,怎么这么快就有结果了?"她仰头凝视着周泽楷,眼中闪烁着喜悦的光芒。

"他们刚打了电话给我,薪水都谈妥了。"周泽楷含笑点头,坐在她身旁,打开了电脑。

"天哪,终于!"想到两人终于能结束漫长的异地生活,程思华实在是打心底里开心。

见程思华并未询问他薪资细节,周泽楷主动说道:"总包比之前低,但基础薪资更高,稳定性和上升空间也更乐观。"

"只要不影响你的发展,又能在上海稳定下来就好。现在金融行业找工作不容易,能找到满意的工作,你已经很了不起了。"程思华夸赞道。

"我可是找了整整大半年,比起你,我可差远了。"周泽楷在电脑上迅速提交离职申请,带着笑意说道,"看看你,这才多久,就有了自己的小团队,还租了办公室。给我几分钟,我这边一弄完,就陪你去新租的办公室。"

程思华点点头,有些不好意思地笑了:"这才只是开始,未来的路还长着呢。"

半年多以前,在西藏回上海的火车上,程思华回想起宁远邀请她去惠宁保险交流的事情。宁远曾提到，惠宁保险的营销模式存在许多问题，这也是他们财务紧张的一个重要原因。其实何止惠宁保险，许多企业在营销方面都面临着不少难题。她想，即便宁远对她有好感，可是，能邀请她去公司交流，必定不可能只是由于这种好感，而是因为她的经验和方法真真正正地打动了宁远。跨行业尚能如此，在本行业内，她能提供的价值或许能赢得更多老板的青睐。

一个想法在她心中悄然萌生：为什么不自己成立一家市场营销方向的咨询公司，为企业提供服务，出售她的专业知识、市场分析和策划方案呢？

程思华越想越觉得这条路与她的能力和兴趣不谋而合。从事咨询工作需要的正是她引以为傲的学习力，每个项目对她来说都是一次深入学习的机会，她和不同的企业之间，一定能够达成相互的成全和提升。她虽然是品牌部出身，但在市场研究领域也投入了大量精力，虽然经验尚且不足，但已经比大多数同行都还要更懂产品的营销和推广，也擅长品牌形象的塑造。

现在，站在创业的起点，她面临的首要任务是营销自己，打造个人品牌。只有成功地推销自己的服务，才能将她的学习能力和丰富经验转化为实实在在的价值。

程思华花了几周，进行了充分的前期准备。她将自己在蓝海积累的宝贵经验整合、提炼，结合大学和业余学到的知识，转化为一套系统化的体系。为了给自己一个明确的目标，她设定了一年的期限。如果在这一年内无法实现稳定的现金流，她便考虑重返职场。对于这个周密得看不出任何漏洞的计划，程思华充满了信心。

　　从营销产品到营销自己，这个过程比程思华预想的要艰难得多。她在行业群组里积极宣传，却因被视为广告而遭到警告，差点被踢出群聊。她参加线下活动，事先做足了功课，力求有针对性地建立联系。然而，尽管她曾是蓝海集团市场部的负责人，潜在客户一调查便会发现，她在离职前曾被降级。加上与宁远的复杂关系，以及宁远那份更像是欲盖弥彰的声明，让人难以相信她在蓝海集团的成就完全是基于自己的能力。

　　许多企业领导对她的介绍只是敷衍了事，有的甚至只是想从她那里免费套取蓝海集团的策略。不过，这些都是程思华早就预料到的困难，她没有因此放弃，一边精细优化自己的方案，形成更好的框架，一边四处宣传、拜访，继续寻找着机会。

　　经过连续两个多月连轴转的工作，程思华的生活已经从昔日的"朝九晚九、一周工作六天"彻底转变为"全天候待命"。在又一次深夜十点的线上会议中，她详细介绍了自己的方案后，终于有一家小企业向她抛出了合作的橄榄枝。虽然合作的价格被压到了很低，只有几千元，但她依然全力以赴，出色地完成了项目。

　　从那以后，鉴于她极致的"性价比"，接二连三的机会便都来了，虽然零星分散，但每个项目都需要她投入大量的时间和精力。程思华精力有限，便开始逐步提高服务价格，从最初的几千元逐渐提升到一两万元。尽管因为项目周期长，她的收入远不及她在职场时的薪酬，但她为客户企业带来的实际成效充分证明了她的专业能力，这些成功的合作案例也为她赢得了更多的信心。

　　两周前，程思华的事业终于迎来了一个重大的转折点。

她竟意外地敲定了一份价值 36 万元的合同，服务内容是为一家中小型食品公司系统性地改造其营销模式。这当然不是她一个人能独立完成的项目，因此她一边对客户做出了承诺，一边着手注册公司，并加快了招聘的步伐。她不仅给出极其优厚的薪资待遇，还承诺给予股份和创始合伙人的身份，以吸引那些真正有能力、愿意与她并肩作战的人才。

她提出的优厚条件成功吸引了两位年轻人，这两人最终从数百份简历和十几个面试候选人中脱颖而出，被程思华选中并留了下来。赵思远，30 岁，负责市场数据分析和数字营销，他不久前刚从一家外企的数字营销岗位辞职，精通各种数字营销渠道，擅长运用统计学和机器学习分析市场趋势和消费者行为。程思华选择他，是因为她坚信任何结论都离不开也不应该离开强大数据的支撑，有了赵思远的加入，他们能为客户提供数据驱动的洞察。

另一位是负责品牌建设和广告创意的张睿，33 岁，毕业于顶尖设计学院，他的美学和设计能力让程思华印象深刻，更难得的是，张睿在项目管理方面也有一定的经验。

程思华与这两位年轻人相谈甚欢，三人一拍即合。她所展现出的潜力和愿景，让赵思远和张睿看到了与她合作的未来价值。而赵思远和张睿的加入，无疑也给程思华带来了更强的信心和更专业的视角。

在与客户深入讨论合同细节的同时，程思华没有停下寻找合适办公空间的脚步。经过对几个办公室的快速考察和比较，她果断地租下了一间最符合团队需求的办公室。赵思远和张睿也在新办公室里忙碌着，负责整理和布置，确保一切尽快准备就绪。

对于程思华的创业之路，周泽楷一直持保守和谨慎的态度，他甚至已经做好了程思华很快会遭遇挫折、重返职场的准备。然而，令他没想到的是，程思华不但坚持了这么久，还越做越好。

"说起来，我还一直没问过你，这次合作你是怎么谈下来的？"他好奇地问道。

程思华微微一笑，回答说："我之前去他们公司提交了一份策划案，并提出了两个他们现在存在的漏洞及相应的解决方案。他们领导觉得方案不错，于是我们就达成了合作。现在前期款项的八万元已经到账，接下来我们将进行市场研究，制定策略，评估效果，最后收取尾款。"

"评估效果？"周泽楷敏锐地捕捉到了这个关键点，"你之前那些小项目，好像并没有包含这个环节吧？"

程思华耐心解释道："实际上，每个项目都会有效果评估，只是以前的效果评估并不与客户的付费直接挂钩。但这次……我们毕竟不是那种大型咨询公司，大多数企业的市场预算都是有限的。能投入36万元对他们来说不是小数目，他们自然希望投资的每一分钱都能带来效益，产生更大的回报。我完全理解他们的期望，我也有信心能满足他们的期望。"

"那么，如果业绩指标没有提升，支付给你们的费用会减少吗？"周泽楷皱了皱眉，再次问道。

程思华点头："是的，付费模式是阶梯型的。"

"以前你是一个人，现在有了团队和办公成本，风险确实不小。"周泽楷沉吟片刻后说道。

"确实存在风险。而且我之前把我的大部分存款都投资在了定期封闭式的基金或理财产品中。虽然我们团队目前只有三个人，但也不得不考虑现金流的问题。不过，我投资的一大半产品还有不到半年就到期可以取出来了，到时候流动性资金会多一些。"程思华苦笑了一下，然后淡定地继续说道，"你也别担心，我以前一个人工作时都能为企业效益带来提升，现在有了赵思远和张睿的支持，客户还是我所熟悉的食品公司，规模和架构都比蓝海更小，一切都在掌控之中。而且我已经分析过他们的市场营销部的现状，存在很多问题，调整之后各项指标一定会有一个明显提升。"

"既然你这么有信心，我就不多说了，我相信你的判断。"周泽楷微笑着，表达了他的支持。

等周泽楷完成辞职申请后，两人一同走出图书馆，挥手招来一辆出租车，直奔程思华新租的办公室。办公室坐落在天峰国际中心，面积为125平方米。程思华在看房时便对这里一见倾心。这间办公室无须额外装修，内部装修风格完全符合她的品位，工作位也已准备就绪，几乎只需携带电脑即可入驻。尽管租金略高于周边相似面积的办公室，但程思华追求效率，更是对未来充满信心，因此，她毫不犹豫地选择了这里。

这还是程思华第一次正式踏足属于自己的办公室。站在天峰国际中心的大楼前，抬头望向高耸的建筑，她心中涌动着难以抑制的激动。一路走来，虽然有些小的磕磕绊绊，但和大多数创业者相比，她的路实在是顺利得令人难以置信。

但程思华转念一想，又有些忍不住得意，凭借她在蓝海集团四五年的经验、卓越的学习能力，以及那份愿意吃苦、不断自我挑战的精神，眼前的成就似乎也都在情理之中。

乘着电梯上去，程思华推开了办公室的大门。尽管现在是大白天，厚重的窗帘却将室内遮得一片漆黑。她疑惑地自言自语："思远他们不是在群里说已经到了吗？"她边说边摸索着寻找墙上的灯开关，却被周泽楷轻轻地抓住了手。

突然，天花板上亮起了光芒，但并非灯光，而是一片由投影仪投射出的璀璨星空。她最喜欢的轻音乐从音响中流淌而出。程思华惊讶地看到赵思远和张睿在远处的角落含笑望着她，而他们身边，不仅有程妈，还有周泽楷最好的朋友薄彦欢。周泽楷递给她一个礼盒。

"现在，天空中有了一颗以你的名字命名的星星。"周泽楷温柔地说，声音中带着一丝颤抖。

程思华凝视着手中的星星命名证书，随后，她的目光转向周泽楷，定格在了他的眼睛上，他的眼睛在此刻仿佛比星辰还要明亮。

"思华，我们从大学时代就相识、相爱，一起走过了八年的岁月。在这八年里，我们一起学习，一起成长，一起步入职场，经历了无数的风风雨雨……不知不觉中，你已经成为我生命中最重要的人。今天，我想给你一个承诺，一个一生的承诺，你愿意嫁给我吗？"周泽楷一边说，一边单膝跪地，拿出一枚闪闪的钻戒，钻石的光芒宛如繁星。

程思华愣在了原地，她没想过周泽楷会选择在今天向她求婚，但似乎，这又并不意外。

这样的场景，她曾在人生的某段时间中期待了无数次，但当这一天真的到来时,她却没有预料中的激动。或许,周泽楷早已融入她的生活,成为她不可或缺的一部分,他的求婚对她来说,更像是一个水到渠成的转折点,是两人八年漫长岁月共同走过的自然而然的结果。

看到程思华一时愣住,薄彦欢打趣道:"泽楷哥连天上的星星都摘给你了!"

"我愿意!我当然愿意!"程思华回过神来,笑盈盈地伸出手。周泽楷为她戴上了戒指。

薄彦欢用摄像机捕捉下了这一幕,周围的程妈和其他朋友更是爆发出了欢呼声。

程妈看起来比程思华还要激动,她拉住程思华的手,眼里闪烁着泪光:"看到你们这么多年走下来,一路都不容易,终于快要修成正果了,我真替你开心,思华,你值得这样的幸福……"

程思华微笑着安慰她,语气中带着一丝宠溺:"哭什么?傻丫头。"

"你们之间的感情真是让人羡慕。"程妈语带羡慕。

程思华温柔地回应:"你也会有的,一定。"

大家整理好办公室后,决定一起外出庆祝。既是为了周泽楷的求婚成功,也是为了周一小团队即将启动的新项目。周五晚上,许多餐厅都人满为患,他们费了一番周折,终于找到了一家有空位的餐厅。

用餐结束后,周泽楷打车送程思华回到她所住的小区门口,并陪着她一同走进小区。

"我爸妈也该上门提亲了。"周泽楷笑着说道。

程思华脸颊泛起红晕，轻声说："你看着安排，我爸妈都……"

话音未落，程思华突然在小区的走廊上瞥见了一个熟悉的身影。她快步走上前，一把夺过父亲手中的烟。

"爸！跟你说了多少次不要抽烟，你不是答应过要戒的吗？你怎么还偷着抽！"程思华生气地责备道。

"哎呀，泽楷也在，你就别这么凶你爸了。"程烨没想到下楼抽支烟会被女儿逮个正着，脸上的笑容带着一丝尴尬。

"叔叔，您之前一直咳嗽，真的要听思华的话，少抽烟，保养好身体。"周泽楷温和地劝说。

"好好好。"程烨边摇头边笑，显得有些无奈。

"胸片拍了吗？肺部 CT 做了吗？"程思华一连串地追问着。

"你爸我忙得很，自己的身体自己清楚，你就别操心了。"程烨摆了摆手，似乎并不把女儿的担忧放在心上。

"我就知道你会这么说，我来给你安排下周末的体检，这次你一定得去。"程思华的语气坚定，没有留下商量的余地。

知道自己无法说服女儿放弃这个念头，程烨只能苦笑着摇头，无奈地说道："好吧好吧，我会去的。"

他叹了口气，但看着程思华的眼中，却是满满的疼爱。

第十一章 诉讼

纯味轩食品有限公司市场营销部,程思华、赵思远和张睿与纯味轩市场营销部的团队召开了首次会议。

会议前,程思华已经依据营销总监蒋怡提供的需求,初步准备好了策划案。接下来的一周,他们的主要任务是深入挖掘公司现有数据,并对策划案中的目标进行精准细化,确保这些目标不仅具有可量化性,而且切实可行。

程思华在会议中强调,尽管营销受到了管理层的高度重视,但许多公司在实际操作中仍然缺乏系统化的管理方法。这种现状往往导致营销策略过于依赖个人的直觉和经验,从而限制了企业营销能力的进一步提升。她承诺将把自己过去四五年在营销领域积累的丰富经验,以及经过实践转化和形成的一套系统化营销方法,应用于纯味轩的营销工作中,通过这些方法,全面提升公司产品的销售业绩。

程思华的发言水平并不低,在会议室内引发了热烈的讨论。然而,纯味轩的参会同事们对这个看起来年纪轻轻的女孩,都仍免不了持有保留态度。尽管程思华的头发早已经重新染黑，也穿上了西装，显得十分端庄，但她的外表和年龄，仍是难以让人立即信服她所承诺的专业能力和经验。

随着会议的深入，当程思华一次又一次地巧妙应对了市场营销部总监蒋怡提出的一系列尖锐问题时，她的表现最终赢得了众人的尊重。原本怀疑的目光开始转变为好奇和期待，大家都在观望程思华将如何将她的理论和经验转化为实际的营销成果。

午间用餐时分，程思华步出纯味轩的办公大楼，迎面看到门口几个保安围在一位中年妇女身旁，女人情绪激动，似乎在大声诉说着什么。还没等程思华听清楚事情的原委，一位员工迅速上前，试图将妇女引到一旁，低声安抚她的情绪。然而，妇女的情绪似乎并未因此平复。

程思华心生疑惑，转头询问一同下楼的蒋怡："这是怎么回事？"

蒋怡轻轻叹了口气，无奈地解释道："唉，我们作为食品公司，偶尔也会遇到这种消费者闹事的情况。这个客户非说我们九月中秋节前后生产的月饼有问题，无非是要钱罢了。我们月饼生产都是经过重重质检，这你也是知道的，怎么可能有问题？对于故意来找碴的人，我们也不能一直无原则地退让，毕竟公司的经营状况不容易……"

程思华没再多想，她又好奇地回头看了一眼，只见那位员工和妇女的背影越来越远，最终消失在视线之外。

出乎意料的是，一个半月后，当项目正进行得如火如荼时，程思华再次遇到了那个女人。

那是个狂风暴雨的清晨,密集的雨点倾盆而下,模糊了视线。在纯味轩大楼的门口,女人脸上交织着雨水和泪水,她神情绝望,怀里紧紧抱着一个黑白相框,站在风雨中,仿佛一座雕塑,任凭雨水淋湿了全身。不知为何,程思华当即便认出,这是一个多月前在楼下偶遇过的那个女人。

保安和工作人员围在她周围,有的为她撑伞,有的在低声劝说,但女人似乎被固定在了原地,一动不动,只有嘴里不断重复着的呢喃。

程思华撑着伞,带着满脸的震惊,走近了那位女人。她的视线从女人那灰暗、绝望的脸上,缓缓下移,定格在了女人怀中的黑白相框上。相框里,是一位面带微笑看似忠厚老实的中年男子。

"是你们害死了我的丈夫。"妇女眼神空洞,声音低沉而绝望,她一遍又一遍地重复着这句话。

程思华迅速地冲上楼,没有停下脚步敲门,直接推门而入蒋怡的办公室。

"蒋总,一个月前我们在楼下遇到的那个女人,你记得吗?你说她是来闹事的。现在她又在楼下,站在雨中,手里紧紧抱着一个黑白相框。我想知道,这背后到底隐藏着什么?"

蒋怡停下了手中的工作,眉头紧锁,语气中带着一丝不悦:"你管好你的工作就行了,其他的事情与你无关。"

"她就在你们公司楼下,被雨淋着,手里抱着一张黑白照。你知不知道有多少路人在围观?如果这件事演变成丑闻,我们所有的努力都将付诸东流。"

蒋怡皱眉思索片刻,终于缓缓地说:"是这样的,她的丈夫吃了我们的月饼，说是一直腹泻，后来直接住进了重症监护室，没钱治疗，来找我们要钱，我们一个小小的月饼怎么可能把人吃进重症监护室？和我们有什么关系？总而言之，好像是因为没有足够的资金治疗，他错过了最佳治疗时机，前几天去世了。"

想到女人的神情，程思华心中充满不忍，她屏了屏神，确认道："医生诊断他死亡的原因是什么？"

"他有长期的高血压和糖尿病，心脏本身就有问题，最终是死于急性心肌梗死。他也不止吃了月饼，怎么就非说我们的月饼有问题，非要我们赔几十万元？我卖他的月饼也才十几元钱一个，我们是需要盈利的公司，又不是慈善机构。"蒋怡冷哼了一声。

如果事实真如蒋怡所言，客户死于高血压和糖尿病导致的心肌梗死，那么公司拒绝赔偿在法律上或许站得住脚。然而，蒋怡话语间的冷漠，以及她那种急于摆脱干系、置身事外的态度，让程思华感到极度不适。

"不过，你的话也有一定道理，她这样一直在公司楼下闹也不是个办法，确实有损公司形象。我去了解一下情况，看能不能给她一些补偿，让她不要再来了。"蒋怡一边说着，一边拿起了电话。注意到程思华还站在原地，她的态度变得有些生硬："还有别的事吗？"

程思华的脸色变幻不定，最终她没有多说什么，转身离开了蒋怡的办公室。

作为合作方，他们的地位本就相对较低，蒋怡除了最初几次还算客气之外，后来态度越来越强硬，甚至将一些棘手的工作直接推给他们三人。赵思远和张睿在私下里多次抱怨过这个团队，程思华同样感到无奈。可是，毕竟，客户就是上帝，为了那36万元的项目费用，他们只能在这几个月的服务期内忍受这一切。好在，以目前的工作进度，最多再过一个多月，项目也就结束了。

不过，今天楼下的那一幕，让程思华心中除了感到心痛之外，还萌生出了一丝难以名状的不安。

她的不安很快得到了验证。

当罗婉仪将纯味轩告上法庭，这起案件开始在网上引起关注时，程思华才了解到这对夫妇的名字以及他们的家庭。罗婉仪和梁景行夫妇还有两个孩子：一个正在读小学的儿子，一个正在读初中的女儿。

这场诉讼在结果未出之前，已经对纯味轩的声誉造成了巨大的冲击。程思华目睹了原本逐步好转的业绩指标突然急速下滑。法院在调查后迅速采取了简易程序处理此案，显然事实证据是如此清晰明了，不出所料，短短十几天后判决结果便已公布，纯味轩败诉。

程思华在网上看到了罗婉仪公开的判决书，揭示了一个令人震惊的事实：在夫妇俩购买的一盒纯味轩月饼中，其中一个月饼的包装袋上竟然出现了"双日期"的情况。很明显，这是纯味轩篡改了月饼的生产日期，将过期的月饼重新喷涂了新的生产日期后再次售卖。这种不光彩的手段，程思华虽然听说过，但从未想过竟然会真的在身边的现实生活中发生，更没想到会是自己客户的所作所为。

正是食用了这过期的月饼，梁景行才出现了腹痛和腹泻的症状。起初，他并未对此予以重视，但持续的腹泻导致他体内电解质严重失衡，加之低血容量性休克的影响，最终引发了他的心脏异常，进而导致了他的死亡。尽管纯味轩的公关部依然坚持己见，坚称"只是过期月饼而已，怎么可能致命"，但这块导致梁景行频繁腹泻的月饼，无疑是触发他生命悲剧的直接诱因。

网上对纯味轩的指责声越发激烈，无人不同情这位因公司拒不赔偿而延误病情致死的丈夫和父亲。

程思华目睹了这一切的发生，目睹了自己过去两个月的努力，短短几天内，尽数付诸东流。纯味轩败诉之后，无论她和团队如何努力，当初承诺的业绩数据和指标都变得遥不可及，甚至无法回到他们团队刚接手时的状态。公司这种不道德的行为，严重侵害了消费者的权益甚至健康，足以对公司的品牌形象造成毁灭性的打击。

程思华并没有在合同中设定保护条款来应对这类甲方的突发状况。她虽对民商法略懂一二，却没有经验，也并不具备敏锐的法律意识。在蓝海集团时，所有合同都有法务部门审核，她从未亲自关注过细节。现在，她反复翻阅着当初与纯味轩签订的合同，心如死灰地发现，竟然找不到任何条款能在这种情况下保护他们的利益。

面对赵思远和张睿日渐黯淡的神情，想到自己每月必须支付的团队工资和办公室房租，程思华硬着头皮前往纯味轩，希望与蒋怡进行谈判。

"蒋总。"程思华站在蒋怡的办公桌前，心里充满了尴尬和难堪，她犹豫了片刻，开口道，"我们已经工作了两个月，本来效果是不错的,我每周都会向您汇报指标,但现在,出现了这种特殊情况。"

蒋怡打断了她的话,语气冷硬:"我知道你想说什么,但我们既然签订了合同,就只能按合同办事。"

"您的意思是……"程思华心中一沉。如果严格按照合同,纯味轩的营销指标比他们接手前还要低,那他们将一无所获。他们三人已经辛苦工作了两个月,每天熬夜加班,现在却因为客户公司自己出的问题受到牵连,他们的辛勤付出难道就这样付诸东流?

"我没别的意思,就是按合同办事。"蒋怡的回答毫不留情。

程思华试图再争取一下,她压制住内心的情绪,用带着请求的口吻说:"蒋总,您也知道,我们是个小型团队,这是我们的第一个大项目,我们也想全力以赴做好。梁先生的意外,谁都不希望发生,但我们事先并不知情,也没有任何准备。我可以继续免费为您提供咨询建议,请您也给我们一个生存的机会。"

"生存的机会?没问题啊。你可以继续工作,如果达到了合同约定的指标,我们会付费的。"蒋怡不以为然地说道。

程思华深吸了一口气,努力保持声音的平稳,继续解释道:"蒋总,考虑到纯味轩目前的状况,即便能恢复,也至少需要好几年。坦白说,我们的团队如果再继续工作两三个月,资金链就会断裂。"

蒋怡的回应直截了当:"你的意思是想提前终止合同?别忘了,合同上写得很清楚,如果你们提前解约,不仅要退还我们的定金,还要赔偿10万元的违约金。"

他们怎么还有脸来问她要赔偿?!

看着蒋怡那副你能奈我何的表情,程思华气得微微发抖,却束手无策。对于梁景行的去世，他们都无动于衷，拒绝赔偿，又怎么会对她的困境有一丝一毫的理解呢。罗婉仪之所以最终能够得到纯味轩的赔偿，是因为法律的保护。而程思华与纯味轩签订的合同，白纸黑字写明了只有在业绩达到约定的标准时，公司才会支付服务费用。现在业绩不仅没有提升，反而下降，她连诉讼的立足点都没有，因为这份合同是她自信满满地亲自审核并签署的。

继续合作？不，纯味轩已经失去了公众的信任，这种信任危机不是短时间内能够恢复的。如果再继续半年还没有起色，她的损失将远远超过现在立刻解约所损失的18万元。

她现在唯一的选择就是终止合同。

然而，带着这样一场臭名昭著的失败，即使这不是她的责任，她真的还能找到新的机会吗？而且，而且……其中，难道真的没有她的责任吗？

从楼里出来，程思华拖着沉重和疲惫的身躯，慢慢踱步到了最近的一个公园，坐在长椅上发呆，思考着自己究竟为什么会陷入这样的境地。

是她过于专注于营销手段和销售数据了吗？这段时间以来，她满脑子都是如何拓宽市场、提升客户转化率、降低销售难度，如何包装产品……似乎从未真正关注过产品和公司本身，没有深入探究这家企业的内核。

在她还是实习生的时候，顾清昀曾颇有深意地对她说："所有的营销技巧都是在坚实的产品和企业责任之上的锦上添花。"

她知道顾清昀的意思，产品本身的内容和质量、企业的责任感与良心，这些，才是企业的根基，她学习到的一切营销手段，只有服务于这样的根基之上，才不至于瞬息间崩塌。

这话，尽管当年就令她印象深刻，但那时的她却并没有真正懂得其中的意义。

想到纯味轩产品部的上级，上级的上级……为了利益，层层包庇，纵容部门这样的大错。或许，纯味轩真正的问题，一开始就不是出在营销上。

想到在蓝海的时候，顾清昀不止一次叮嘱她盯好产品部生产的全流程，那时她只觉得麻烦，心中抱怨了无数次。直到今天，为此付出如此沉重的代价，她才后知后觉地醒悟过来。

程思华颓然地抱住了自己的头，感到揪心的自责、痛苦和无力。她得承认，这是自己的过失，是自己缺乏明辨是非的能力，没有进行充分的背景调查，一门心思追求快速见效，急功近利地想在短期内做出亮眼的成绩，而没有真正关注产品本身。

现在，面对这步错棋，她无法将责任推卸给任何人，哪怕是这场突如其来的意外。

第十二章 死角

程思华回到她租下的办公室,这里见证了这个三人的小团队过去两个月以来的全力以赴。

在这段时间里,他们将全部精力都倾注在了这个项目上,以至于没有时间去开拓新的客户。原本计划两三月完成项目,拿到尾款后,再将这个项目打造为成功案例,为接下来的业务铺路。谁又能想到,发生了这样一场打破了所有计划的意外。

赵思远和张睿看着程思华脸上的神情,无须多言,便已心领神会她与蒋怡谈判的结果。赵思远缓缓走到程思华跟前,语气中带着忧虑:"思华,我们还能撑到找到下一个客户吗?"

程思华明白他的担忧指向的是资金问题。她轻声回答:"支付完违约金后还能维持两三个月。我们可以先努力寻找新项目,说不定在这短时间内就有所突破了呢?放心,工资我会按时足额发放。"

赵思远和张睿相视无言,办公室里弥漫着一种沉重的气氛。

解约之后,程思华支付给纯味轩十八万元的违约金,她回到了之前奔波于各个潜在客户之间的工作状态。然而，由于纯味轩事件的负面影响，她每天都在面对不同的拒绝。月底，又一笔工资和租金从账户上划走，程思华看着日益减少的余额，计算着自己到底还能再撑两个月还是三个月，内心的焦虑感越发强烈。

晚上十一点，程思华带着满身的疲惫回到了家。通常这个时候，父母都已经入睡，但今天，客厅的灯光明亮如昼，父亲坐在沙发上，面色凝重，母亲则在一旁，眼眶红肿，显然是刚刚哭过。

"吵架了？"程思华疑惑地问道，却无人回应。

她的声音中带着无力："爸，你就让着点我妈吧，你看你都把她气成什么样了。"

依旧，没有人说话。

沉默笼罩着客厅，好一会儿，程思华的母亲周芸，抿了抿唇，仿佛用尽了全身的力气，轻声说道："思华，你爸爸，他……他生病了。"

程思华一怔："什么？"

周芸的声音微弱得几乎听不见："上次的检查结果出来了，你爸爸……得了肺癌。"

如同晴天霹雳，这话瞬间将程思华劈得头晕目眩，双腿几乎支撑不住。她紧紧抓住身旁的桌子，用以稳住自己摇摇欲坠的身体，嘴唇颤动着重复："肺癌？"

周芸微微点头，眼神中溢满沉重的悲伤。

"医生怎么说？"程思华问道，每个字都似乎从她内心深处艰难地挤出。

"已经错过了最佳治疗期，现在是肺癌中期，"周芸哽咽着说，

"医生建议我们明天再去做一个详细的检查，可能需要化疗。我查了一下，费用不菲，你爸爸的身体也不适合再工作了。我想，我们把房子卖了，手头也能宽裕一些，先租房子住。"

程烨的脸色变得铁青，他坚决地说："不行！卖什么房子！不要在网上乱搜，现在都有医保，哪里花得了那么多！"

"爸！我跟你说过多少次了，不能抽烟，你从来不听！你自己就是个医生，你怎么能对自己的身体这样麻木！"程思华红着眼睛责怪道。

程烨不吭声，只是长长地叹了口气，神色灰暗。

"思华，明天我们一起陪你爸爸去大医院，找个这方面的权威专家好好看看，"周芸的声音虽然柔弱，却透着一股子坚定，"不管需要花费多少，只要能治好，我们都花。"

程思华心神不宁地点了点头，随后跟跄着步伐回到了自己的房间，关上门，将自己隔离在一片寂静之中。

第二天一大早，一家人怀着沉重的心情来到了市中心在肺癌治疗方面最有权威性的一家医院。经过一上午的各种检查，到了下午三四点，才有了检查结果。挂号的专家仔细查看了检查结果，说道："患者存在多个肺叶受累的情况，我们需要评估后制定一个更全面的治疗方案。方案出来后，院方会联系你们准备进行第一次化疗。"

"医生，治愈的希望有多大？"程思华急切地问道，她对医生所说的医学术语一知半解，心中唯一牵挂的是父亲能否康复。

"化疗的效果因人而异，我们需要根据化疗后的病情反应来决定后续是否进行手术，以及是否具备手术条件。如果手术条件允许，治愈的可能性是存在的。"医生的话语中有所保留,这让程思华的心情越发沉重。

注意到程思华脸色的变化,医生安慰说:"现在的医疗技术发展迅速,我们医院有不少晚期患者经过治疗后都生存了五年,十年,何况你父亲尚处于中期。"

"五年,十年?"程思华脸色苍白,她从未感到如此无力。在生与死的面前,所有的一切都显得那么渺小。

"拜托您了,医生,只要能治好我爸爸,无论需要什么,我们都愿意做!"她的声音中充满了哀求。

医生点了点头,表情平静,仿佛已经习惯了这样的场景,他机械地回答:"我们会尽最大努力。"

这时,周芸轻声问道:"请问,大概需要准备多少费用?"

"这很难一概而论,要看具体的治疗过程。以程先生目前的病情,我建议先准备十五到二十万元。如果考虑升级到加护病房,或者请专业护工,还会有额外的费用。抗癌是一场持久战,如果病情恶化仍需继续治疗,那么费用可能会高达数百万元。"医生无奈地摇了摇头。

听到这些,周芸身体一软,靠在了程思华身上。

程思华点了点头,她的眼神中流露出深深的沉痛,但很快被一种极其坚定而决绝的神情所取代:"辛苦医生了,一旦有了具体的治疗方案,请随时通知我。"

回家的路上,周芸轻声询问女儿:"思华,你之前的工作收入不是挺高的吗?你手头还有多少积蓄?"

程思华还未来得及回答,程烨的脸色已经变得阴沉:"你怎么还能向女儿伸手要钱？"

"我们根本就没有多少积蓄，换了房子之后，每个月两万多元的房贷还要还七年。你那三万多元的月收入听起来不少，但除去房贷和我们三个人的日常开销，还有双方父母的开销，这些年我们又能存下多少？"周芸的声音里充满了无奈，"如果思华也没钱，我们还是把房子卖了吧。"

"我不同意！"程烨的眼中布满了红血丝，情绪变得异常激动，"先治疗几次，实在不行就不治了！与其没尊严地活着，不如死了的好！"

"你说什么胡话！程烨，你说什么呢！"周芸捂着脸，崩溃地痛哭道。

程烨伸出手，想要安慰妻子，但手悬在半空，又颤抖地缩了回去。

他别过脸，眼中也含着泪。

"我也不同意卖房子，"程思华哽咽着说，"我理财存了三十万元，还有四五个月就到期可以取出来了，应该暂时够用。我现在手上还剩下十三四万元，先顶着前期费用。公司我不办了，我回去上班，我回去上班……"

她一遍又一遍地重复着，泪水模糊了视线。

程烨心疼地摸了摸她的头发："回去上班好，爸爸以后不能再为你兜底了。创业不容易，去上班，公司能保护你。"

程思华用袖子擦掉了脸颊上的泪，沉默半晌，点了点头。

面对自己费尽心思招募来的两位各方面都很好的伙伴，程思华心中充满了歉疚。她几乎没有勇气直面他们，一度想要像缩头乌龟一样，通过一条信息或一通电话来告知赵思远和张睿自己决定放弃创业的消息。但经过一夜的思考和挣扎，她还是决定亲自面对他们。

"家里出现了一些紧急情况，我不能再这样无节制地投入资金，不能再冒险。真的很抱歉，我们的合作只能止步于此。这个月的工资我会按照全月的标准结算给你们。是我不好，让你们失望了，耽误了你们这么久。"饭桌前，程思华的声音低沉，带着微微的颤抖。她眼神躲闪，目光回避，始终无法鼓起勇气直视对面两人的眼睛。

赵思远和张睿注意到程思华眼眶红肿，显然是刚刚哭过。两人面面相觑，交换了一个担忧的眼神，一时之间不知发生了什么。

片刻之后，赵思远清了清嗓子，语气十分诚恳："思华，通过这几个月的合作，我们了解你的为人，也清楚你的付出。我相信你一定遇到了难以克服的困难，这个月的工资你就不必给我了，我完全理解。"

"我的也是，最近这段时间我们也没做出什么成果。"张睿紧接着说，他的表情带着些许尴尬，"而且，不瞒你说，我和思远已经开始投简历了，你……你可别怪我们啊。"

"就是，对我们这么没信心吗？放心，我们会找到好工作的！"赵思远笑着接话，缓解着气氛。

程思华也忍不住露出了微笑，但随即又感到眼眶微微湿润："谢谢你们，是我连累你们了。"

"说什么连累不连累的，人生嘛，活得开心最重要，这样折腾一遭，我们也不后悔。"张睿也笑着给程思华夹菜，继续说道，"有时候都快忘了,你也只是个二十多岁的女孩子,比我们都年轻。纯味轩的事情只是个意外,你要相信自己,你已经做得很好了。将来无论何时何地,我们还是朋友!"

程思华心中涌起一股暖流,她没想到在这段短暂的相处中,这两个伙伴竟能在她最艰难的时刻给予她如此深刻的理解和支持。

她还是把这个月的薪水打给了张睿和赵思远,这是这段草率而荒唐的创业中她最后的尊严。损失一个月的押金退掉了租下的办公室,交接完毕后,程思华走出了办公楼,走在街头,一夕之间仿佛失去了一切,她感到一种恍如隔世的空虚。

她终于有空好好散散步了。

目光就这样,漫无目的地落在周围,落在还从来没有被她这么仔细地观察过的世界的角角落落之上。

她看到行色匆匆的上班族,有的边走边吃早餐,有的戴着耳机,沉浸在自己的世界里。拖着沉重行李的农民工,拦下她来问去往火车站的路。皮肤黝黑被刻上一道道深纹的工人,默默清扫街道的身影在尘土飞扬中显得格外孤独。

她路过了一家破旧的修鞋摊,摊主是个年迈的老人,坐在小板凳上,佝偻着腰,像是蜷缩在城市的阴影里。老人的手指关节粗大,布满了老茧,正专注地修补着一双破旧的皮鞋。她看着那些外卖员,他们的电动车停在办公楼下,车身上贴着各色的广告,那是上海的另一种皮肤。

这些被生活边缘化的人,他们的故事被城市的喧嚣与快节奏所淹没,他们的苦难和挣扎也被一同淹没。

生命的意义到底是什么?

程思华突然觉得曾经那个一直追问着这个问题的稚气的自己实在荒唐极了。

生命的意义，对于大多数和她一样平凡的挣扎着的人来说，从始至终都只有两个字：活着。

而当一位和她父亲年纪相仿的中年人，端着一杯咖啡，狼狈地从她身旁跑过，冲进了附近一栋办公楼时，程思华的眼泪终于忍不住地倾泻而下，心中疼痛而歉疚。

父母的艰辛，她习惯性地忽略，普通人为了生活而付出的努力，她也习惯性地忽略。这些年来，她始终自以为是地沉浸在自己的世界里。她这时才真正理解了为什么父亲说公司其实是在保护她，理解了徐蓉蓉三十五岁休完产假回来发现她坐上本该属于自己的位置时，对她从此产生的敌意，理解了她曾经厌弃的种种利益争斗、看似无情无义锱铢必较背后，实则是承载的千万个必须有人"争斗"才能守护好的家庭，千万种形形色色的苦难。

站在茫茫人海之中，程思华感到一种恍惚和悲哀。原来，她从未意识到过，那些平凡而琐碎的日常竟是如此的珍贵与幸福，直到发现悬崖就在她的脚下。

一直包裹她的理想化的泡泡被恶狠狠地戳破，穿越了一层无形的屏障，她来到了真实的人间。

人生如逆旅，生命的底色，从来都是悲凉。

第十三章　权衡

程烨很快就住进了医院,开始了他的第一个化疗疗程。

程思华将手头零散的资金汇集起来,大约十万元。母亲也将家庭的所有积蓄悉数转入了程思华的账户。看到母亲转来的数额,程思华这才无比心酸地意识到,父母几乎将所有收入都用于偿还房贷和日常开销,手头仅有三万多元的积蓄,竟还没有刚工作几年的自己积蓄多。

过去这么多年,程思华从来没有算过这笔账,或者说,她心里从来都没有过一本账本,更没想到,上海一套普通的中环两居室竟不知不觉剥夺了她家庭前半生的积蓄。风平浪静时一切都好,稍有变故就捉襟见肘甚至走投无路。想到父母为这个家,为了她,默默承受了这么多年经济上的压力,从未在她面前抱怨过一句,竭尽所能地满足着她,在她工作后也不曾要求她有任何的回馈,程思华再次感到了一阵难以言喻的心痛。

程思华静静地守在父亲的病床旁,她的脸上带着轻松的笑容,不时地和父亲开着玩笑,用轻松的氛围驱散着病房里的沉重,旁边几个床位上孤零零的病人也频频看过来，似乎十分羡慕这对父女。上厕所的间隙，程思华坐在走廊的长椅上，双手紧握，目光不自觉地落在了冰冷的地面上，再次调整着自己的情绪。

每当她想起医生所说的那些话，想起医生所说先准备十五到二十万元，想起他们家每月还需承担两万多元的房贷压力，她的心就不由得紧缩，涌起一阵又一阵的焦虑。难道真的要走到卖房的境地吗？她记得父亲听母亲说想卖掉房子时失控的情绪，她也明白，这套他们一家三口住了十多年的房子，对父亲来说，并不只是一套房子，父亲想给她保留一个家。

正当程思华焦灼思考之时，有人拍了拍她的肩膀，原来是得知消息后立刻赶来医院探望的程嫣。程嫣跟在程思华身后走进病房，将装满水果的篮子轻轻放在程烨的病床边。看到程烨因化疗而剃光的头发，以及程思华几周不见、变得憔悴了许多的面容，心中一阵刺痛。和程烨简单聊了几句后，程嫣终于忍不住了，找了个借口离开了病房。在走廊里，程嫣蹲下身子，忍不住轻轻地啜泣起来，泪水顺着脸颊滑落。

"阿嫣。"程思华也紧跟着走出了病房，她站在程嫣旁边，靠着墙壁，轻轻叹了口气。

"叔叔会……会好起来吗？"程嫣仰头问道，红红的眼里充满了担忧。

"要等这几次化疗后才能知道。如果能安排手术，就还有希望。"程思华轻声说道，声音中透露出一种与她的年龄不符的冷静。这种冷静，反而让程嫣更为担心，她问："周泽楷呢，你们不是都约好了父母见面的日子吗？"

"现在这种情况,见面、订婚也只能推迟了。"程思华淡淡地说道。

"那他来看过叔叔吗?"程嫣继续问道。

程思华微微一怔,沉默不语,她的眼中掠过一丝复杂的神情。

程嫣的脸色倏然一沉,声音中透出不满:"他难道也和我一样今天才得知这个消息吗?他可是你的男朋友啊!"

程思华小声地说道:"他刚换了新工作,也很忙。"

这话似乎是在向程嫣解释,又似乎,也是解释给她自己听。

程嫣的神色微微变化,深深看了程思华一眼,最终没有继续追问。她站起身来,轻轻活动了一下因长时间蹲坐而感到微麻的双腿,然后拉起程思华的手:"思华,有什么困难一定要告诉我,只要我能帮得上忙的,我都会尽力。"

"没事的,暂时还不需要你帮忙,我也打算开始找工作了。我爸生病后家里没了收入,这样下去不是办法,总不能真的让我妈把我们唯一的房子卖掉。"程思华并没有向程嫣求助的意思,程嫣却立刻通过支付宝转了3万元给她。

程思华脸一红,才意识到自己刚才的话有些像是在要钱。程嫣自己也是工薪家庭出身,工作没几年,积蓄并不多。她正准备把钱退回去,程嫣却拉住了她,急切地说道:"别退!我要生气了!这点钱不算什么,我也没其他地方需要花钱,你先拿去用,如果不够我们再一起想办法。你这么优秀,我还怕你以后挣了大钱不还我吗?"

一股暖流涌进了程思华的心窝,她站在原地,一时间竟有些不知所措。程嫣紧紧拥抱了她:"思华,我们是最好的朋友,你永远不需要跟我客气。"

程思华倚靠在程嫣身上，声音中带着疲惫："阿嫣，我好累，有时候真想停下来休息一会儿，但我实在不敢，我害怕又有个雷已经在来劈我的路上。"

听到这话，程嫣忍不住笑了，又酸又涩的笑。

她拉着程思华的手说："创业费时费力，不稳定，风险还高，叔叔现在这种情况，你还是去找工作吧，你之前在蓝海的工资那么高，可以找个类似的工作，或者，如果可以的话，干脆回蓝海算了。哪怕花点钱请个护工，帮着阿姨一起照顾叔叔，也比你亲自在这里照顾更划算。这样，你既有稳定的收入，职业生涯也不至于中断太久。你还这么年轻，简历上留太长的空白，对未来发展不利。"

"我已经在投简历了，等我爸爸这次化疗结束，希望能如愿去上班。之前工资到手都有三万多元，现在我也不奢求那个数了，能有两万多元都很好。"程思华的神色中带着几分无奈，"人生都已经这样了，还能糟糕到哪里去……"

"人生长着呢！"程嫣见不得程思华这么丧气，几乎要跳起来，她鼓励道，"你不是一向都很乐观的吗？别这么说丧气话！"

"好好好。"看着程嫣脸上那生动活泼的表情，程思华终于露出了一丝难得的微笑。

自程思华得知程烨的病情决定开始找工作以来，已经过去了两三周。在这段时间里，程思华经历了两次面试，两次都进入了最后一轮，最终却被拒绝。她不甘心地询问了HR，这才得知，她被刷掉的原因主要是因为她即将二十七岁，简历中有近一年的空白期不说，这个尴尬的年龄导致她所投递的公司无一例外地担心她刚入职不久就会去结婚、休产假。因此，当她与其他男性竞争者，或者更年轻、与她年龄相仿但已经生育的女性竞争时，几乎毫无悬念地被淘汰了。难怪几乎在每场面试中，面试官都会问她是否已婚，是否有男朋友、何时结婚。她竟然还都一一如实回答，这无疑触碰了公司招聘的忌讳。

程思华的本科学历，在当下激烈的职场竞争中，也逐渐暴露出其不足，更别说她还曾在蓝海公司因业务问题遭遇公开降级。种种不利因素，导致即使她愿意降低薪资要求，也难以找到合适的岗位。许多公司对管理层，甚至是基层主管的学历要求都是研究生起步，仅学历这一门槛，就关闭了她职业道路上的许多可能。

与此同时，周泽楷已经顺利地在上海的新职位上安顿下来。原本已经步入谈婚论嫁阶段的恋人，一个忙于适应新的工作环境，另一个则忙于照顾病重的父亲、寻找工作，奔波于各种面试之间。因此，尽管周泽楷换工作后两人终于同处上海，但他们见面的次数并没有因此而增加多少。

周五晚上，周泽楷终于抽出时间，带着一些礼物前来探望程烨。

当程思华领着周泽楷走进病房时，程烨正倚靠在枕头上，半躺在床上，目光呆滞地凝视着窗外洒落的阳光。他宽阔的肩膀已经明显消瘦，整个人也瘦了一圈，皮肤因化疗而显得苍白，嘴角微微下垂，嘴唇因干燥而开裂。看到女儿和周泽楷进来，他的嘴角轻轻牵动，露出了一丝微笑。

这一幕让程思华的鼻子一酸，又有了想落泪的冲动。

周泽楷将带来的礼品盒轻轻放在程烨的床边。

"泽楷,我听说你工作换到上海了?"程烨轻咳一声,语气和蔼地问道。

周泽楷回答道:"是的,叔叔,新工作已经一个月了。之前因为刚入职,工作繁忙,一直没能来看您,您一定要保重身体,相信您会好起来的。"

程烨点了点头,他犹豫了一下,开口道:"你和思华都快27岁了,婚事也该提上日程了,不要因为我的病情而耽误。你们这么多年的感情,走到今天不容易。"

"叔叔,您的健康最重要,我和思华的事情可以等您身体恢复后再谈。"周泽楷神色如常地回应道。

程烨挑眉问:"如果我在病床上躺五年,十年,你们就五年,十年不结婚吗?怎么能因为我而耽误你们呢?"

程思华屏住呼吸,目光在周泽楷身上徘徊,她似乎从他的眼神中捕捉到了一丝不自然和回避。

只见他斟酌了一下,缓缓开口:"现阶段,我们还是以您的健康为重。"

程烨的神色变得严肃,他的目光在程思华和周泽楷之间来回打量,似乎隐藏着一些忧虑。程思华却笑着说道:"是的,爸,我和泽楷上周已经商量过了,等您手术之后,病情稳定下来,我们再讨论结婚的事。27岁也很年轻呀,您就别担心我了,我又漂亮又聪明,还怕嫁不出去吗?"

周泽楷微微一怔,看了程思华一眼,随即低下头,沉默不语。

程烨微笑着看着程思华,眼中既有担忧,又有心痛,还有一丝程思华能读懂的歉意。程思华的眼眶再次湿润了。

从程烨的病房出来,两人一起慢慢朝着楼下走去,程思华的脸也迅速冷了下来。周泽楷感受到了她情绪的变化,却并没像曾经那样去安慰她、哄她,只是沉默地走着。

压抑的空气中,终于还是程思华先打破了沉默:"你跟我爸说的话,是什么意思?"

"我没什么特别的意思。"周泽楷耸了耸肩,语气轻描淡写。

程思华压抑着内心的怒火,继续追问:"什么叫等我爸病好了,再谈我们的婚事?"

周泽楷低声回应:"叔叔现在这样躺在病床上,两边家长见面也不方便呀。难道,你不觉得叔叔的病很快能好起来吗?"

"你……"程思华气得心口发痛,她站定,目光如炬地直视着周泽楷的眼睛,"周泽楷,你是不是不想跟我结婚了?如果你不想跟我结婚可以直说,我能理解。"

"哎呀,我没那个意思,你又在乱发什么脾气。"周泽楷转过脸,避开了她锐利却含泪的目光,这目光让他心头不由得发慌。

"那我们这两周订婚?"程思华试探性地问道,她表面上保持着冷静,但那不自觉地紧抓衣角的手,却悄悄泄露了她内心的不安与慌乱。

"你爸还在病床上,你觉得现在订婚合适吗?太仓促了吧。"周泽楷的语气中透露出不满。

"仓促?我一个女孩子都不在乎,你在乎什么?"程思华反问。

"总之……"周泽楷的话还没说完,就被程思华打断。

失望和愤怒在她心中交织,她冷冷地说:"你有什么想法可以直接说出来,我不是那种会死缠烂打的人。"

沉默了好一会儿,周泽楷才嗫嚅着开口:"也不是我,是我爸妈,他们觉得应该等你父亲身体好些,双方家长正式见面,再决定这件事。"

程思华的心越来越冷:"周泽楷,我不是小孩子。我终于明白,这么多年,我们的感情之所以一帆风顺,只是因为我的人生一路顺风。而当我的人生出现偏差,我们的感情也立刻出现问题,不是吗?"

面对周泽楷的沉默,程思华那一直紧攥衣角的手突然松开,她自嘲地笑了笑:"是我错看了你。"

周泽楷神情中带着些许悲伤和惭愧,他静静地看着她说:"思华,我很喜欢你的,真的很喜欢,我们这么多年的感情,你以为我就舍得吗?是我父母,他们觉得,你爸爸这事儿是个无底洞,你和你妈妈也都没有稳定的工作,哦不,是没有工作,就算你找到工作,那也承担不起……你也知道,我爸妈都是普通的工薪家庭,如果我们家有能力,是一定不会推脱这份责任的,但是我爸妈自己过得也都不容易,如果再找一个……"顿了顿,他低下头,说,"思华,贫贱夫妻百事哀。"

"所以,你选择和我分手。"

"我也不是那个意思,我就是说,我们结婚的事儿,要等等。"

"是等等看我爸的病会不会好,还是等等看我会不会找到和以前一样的工作,还是等等看我家的情况会不会恢复到和以前一样?又或者说,一边和我等等,一边,你自己去四处相亲?"程思华连珠炮似的发问。

周泽楷脸色一阵红一阵白,像是被说中了心事,羞愧地低下头,沉默了许久,轻声说:"现在这个节骨眼,如果我们结婚生子,经济压力会更大,我们都承受不起。"

"周泽楷,我理解你不想背负负心的骂名,也理解你的权衡利弊。既然如此,我就不耽误你了。如果你说不出口,那就由我来结束吧,我们分手。"程思华的声音平静而冰冷,没有一丝温度,"你有你的前途,我也有我必须面对的路。"

周泽楷心里一痛,看着程思华的脸出神,这样美的一张脸,以后再也不是他的了。可是,就像他说的,贫贱夫妻百事哀,程思华自己创业失败不说,还有一个需要持续烧钱的父亲,多年没有工作的母亲,这样的重担,他不想压在自己身上。如果一定要他们现在结婚,他真的做不到。

想到这里,他心里又微微松了口气,有些庆幸,庆幸是程思华自己说出了分手。

程思华注视着沉默不语的周泽楷,他的面容依旧如同多年前初见时一样的好看,但在她眼中却变得扭曲和丑陋。她突然想起刚毕业不久时,她因急事向周泽楷借钱,只是短暂的周转一下,第二天就还,周泽楷却面露难色,推托说积蓄都被母亲存成了定期。从他们在一起的第一天起,周泽楷心里的小算盘就未曾停歇,他始终是那个虚伪且精于算计的人。

程思华恨极了自己,这么多年漫长的时光里,周泽楷在她心上划下一道道伤痕,她不是毫无知觉的,却总是因为周泽楷一次次花样百出的甜言蜜语和礼物而心软。因为已经投入的漫长青春,她一次次选择容忍,三年,五年……直至搭进去整整八年的时光。

为了这样一个男人,究竟错过了什么,错过了多少,连她自己都说不清。

最后看了周泽楷一眼,程思华没说任何指责的话,惨惨一笑,转身离去。

第十四章　归来

本来以为自己会极度悲伤，但程思华却发现，在这段贯穿了她整个青春却突然终止的八年恋情面前，她竟然找不到一丝空隙去哀悼。

她的父亲正在与化疗带来的痛苦和副作用作斗争，母亲则不分昼夜地守在病房，陪伴着父亲。

修改简历、投递简历、参加面试，这样的循环不断重复……生活没有给程思华留下任何迟疑和脆弱的空间，更不允许她停下脚步去感受那份空荡荡的失落。她没有别的选择，她必须成为他们的支柱。

家中的积蓄以肉眼可见的速度迅速减少。自毕业以来，程思华的薪资一直稳步增长，从未感到过经济上的拮据，但如今，她却前所未有地意识到金钱的重要性。每一张账单、每一项开销都像一块块石头，压在她心头，让她感到从未有过的窘迫。她开始计算每一分钱的去向，削减一切非必要的开支，甚至开始考虑那些她曾经不屑一顾的节省方法。

程思华又一次面试的公司，巧合地与蓝海集团同处一栋大楼之中。站在既熟悉又陌生的大厦前，程思华心中涌起了一股复杂的酸楚。

她不得不承认，内心深处，她开始怀念过去，怀念那曾经没被她珍惜的一切。

怀念一边骂骂咧咧一边认认真真准备策划案直至凌晨一点的时光，怀念同事们为她庆祝生日和每一次升职，怀念顾清昀对她的责备或指导，当然，也怀念每月银行卡上如期而至的薪酬，以及那个大学毕业初入职场、满怀激情拜访客户的单纯而无畏的自己。

那种曾经让她感到紧张、有序且充满安全感的工作环境，如今已渐行渐远，取而代之的是生活中随处可见的琐碎与混乱，如同满地的鸡毛，难以收拾。程思华不禁开始质疑，当初的决定是否真的正确？她当初做出选择的初衷究竟是什么？这难道就是她想要的自由？随着时间流逝，她心中的自我怀疑像藤蔓一样，越缠越紧，难以摆脱。

从面试的公司出来，就站在蓝海集团大楼的楼下，在这一刻，程思华突然有了一种冲动，她要放下面子，直接去找何志宏。其他公司对她的能力持怀疑态度，但何志宏不同，他了解她，知道她的价值和能力。

程思华的手在拨号键上徘徊了好几次，心跳得飞快，深吸了一口气，终于按下了何志宏的电话号码。电话那头的嘟声在她耳边回响，每一声都像是敲打在她紧绷的神经上。

电话终于接通，"喂。"何志宏沉稳的声音透过听筒传来。

程思华喉咙有些发紧，她努力让自己的声音听起来平静："何总，您好，我是程思华。您现在方便说话吗？"

何志宏显然对她的来电有些意外，他的声音中带着一丝疑惑："程思华？哦，你好，有什么事吗？"

程思华直入正题："何总，我知道这听起来可能有些突然，我看到公司还在招聘市场部副总监，我想知道，如果我的情况允许，是否有可能回去继续为公司服务？"

电话那头沉默了一会儿，何志宏的声音再次响起，但这次带着明显的冷漠："思华，你知道公司的政策，你可以投递简历，而不是直接来找我，我们不能每次有人需要就开绿灯。"

程思华的心沉了下去，以前何志宏还会在梁永面前夸自己，而如今，却连一个复职的机会都不再给她。程思华低声说道："何总，在公司的这些年，我的工作态度和工作成绩是大家有目共睹的。我不是要求特殊待遇，只是恳求一个机会，让我能够再次为公司贡献我的价值。"

何志宏语气明显变得尖锐，透露出不耐烦的情绪："程思华，你得明白，公司离了谁都照样转。当初是公司给了你平台，给你提供了成长的机会。但现在，既然你已经选择了离职，那么就应该按照正常的招聘程序来，自己重新投递简历。要么，你就不要再抱有幻想。"

程思华握着手机的手微微颤抖，心中充满了屈辱。她轻声说道："我理解，何总，谢谢您抽出时间听我说这些。"

电话那头传来干脆的挂断声，程思华耳边只剩下了单调的忙音，仿佛她正站在一个无路可走的绝境之中。她闭上眼睛，深呼吸以平复情绪，再次睁开眼时，她已经恢复了冷静。

程思华打开手机，正准备继续投递简历，转身准备前往地铁站时，一辆熟悉的车停在了大楼前。宁远从车上下来，直接走向程思华。

"宁总？"程思华有些惊讶。

"你怎么在这里？"宁远问道。

"我刚在附近面试完。"程思华简洁地回答。

"老地方，一起喝杯咖啡吧。"宁远的表情温和而平静，他向身后的司机示意，司机点头，驾车驶入地下车库。宁远则朝着咖啡馆的方向走去。

程思华犹豫着，不知该如何向宁远表达自己此刻并无喝咖啡的闲情逸致。然而，想到宁远的地位，以及他可能轻而易举解决她目前困境的能力，她的双脚不由自主地跟随他，直到两人在咖啡店面对面坐下。

正是这家咖啡馆里，她曾偶遇宁远和他的前妻迟瑾萱，那时她心中还对迟瑾萱有些不屑，此刻，她却突然意识到，或许那时的迟瑾萱，经历着与她现在相似的困境，也有着自己的迫不得已。

"你最近在找工作？"宁远的语气虽然是个问句，但声音中透露出一种确信。

程思华苦笑着，带着一丝挫败，没有否认。

"蓝海集团四五个月前招聘了一位新的市场部总监，林芮斯，听说是何总从一家小公司挖来的。所以，现在虽然明面上还在招聘副总监，但其实蓝海并无真的再招的打算。"宁远继续说道。

"这样啊。"程思华恍然大悟，难怪何志宏不再考虑她，原来已经有了新人选。

"我听说了你之前和纯味轩合作失败的事情，原本就想问问你，今天碰上也是恰好。如果你需要帮助，尽管告诉我。"宁远看着程思华，注意到她面色发红，神情局促，便又将目光投向了窗外。

宁远那双似乎具有穿透力的眼神从她身上挪开后，程思华感到自在了许多，她有些底气不足地为自己眼拙的选择辩解："那时候刚起步，我其实也没有太多选择。"

"创业确实不容易。"宁远点了点头，表示理解。他看着眼前的程思华，曾经充满灵气的脸上只剩下憔悴，猜到她已经被逼到了绝境，便又说道，"你在蓝海的事情，很大程度上也是因为我，你很优秀，如果我能做点什么来弥补，是应该的，不用觉得过意不去。惠宁保险市场部已经招聘到总监，蓝海他们提了徐蓉蓉为品牌部负责人，这两家公司剩下的在招岗位都有些委屈你。我倒是认识另一家公司，他们市场部总监的位子……"

"宁总。"程思华脸色通红，神情中夹杂了几丝被看穿的难堪，她内心也经过了一番剧烈的挣扎，最终还是打断了宁远的话，"不用麻烦您了，我自己会找到的。"

程思华话语和神态中，都充满了一种几乎有些视死如归的尊严感。

也是这一刻，她突然认识到——不，她还没有山穷水尽，她还没有竭尽全力，还没有走到必须求助于他的地步！

沉默片刻后，宁远开口道："我尊重你的决定。但你也要振作起来，不工作不会死人的，我比你多活了八年，你如今的困境我都经历过。没什么过不去的坎，一切都会好起来。"

"不工作不会死人的。"这话正正击中了程思华的内心,她低下头,脸上掠过一丝凄冷的绝望。

宁远二十七岁就创办了金石投资,若说他背后没有家族的支持和资源,怎么可能呢?他生来就不曾体会过缺钱的滋味,真的能体会她现在所面临的经济窘境吗?

再说,他对父亲的状况一无所知。

程思华几乎要脱口而出父亲患癌的事实,但最终还是咽了回去。难道要卖惨,博取同情,让人家为她父亲的医疗费用买单吗?她还没有走到那一步,她还可以降低一些标准,总能靠自己的双手找到一份工作。

"我也相信会好起来的,一切都会的。"程思华轻轻地,却坚定地说道。

和宁远的对话启发到了程思华,是的,她还没走到绝境,她应该拓宽求职的视野,不再局限于一级或二级部门负责人的职位。程思华再次浏览了蓝海集团的招聘官网,发现除了副总监职位,果然还有营销策划组负责人和广告组负责人的空缺。虽然这些二级部门下的细分小组领导职位比她离开蓝海时的职位低了整整两级,但程思华还是将自己的简历投递到了她擅长的营销策划组负责人岗位。同时,她也向同类公司的普通岗位或细分小组负责人的职位投递了简历。

经历了求职市场一波又一波连番的打击后,除了降职降薪,她也没有了其他选择。

遵循标准流程,程思华参加了蓝海集团营销策划组负责人的面试,也见到了那位新上任不到半年的市场部总监林芮斯。

让程思华意外的是，林芮斯虽为市场部总监，看起来却十分年轻，只有三十出头的模样，她五官标致甚而妩媚，有着一头柔顺而富有光泽的黑色长发，简单地扎成了一个低马尾，显得既干练又不失女性的柔美。

面试中，面对着一排面试官：何志宏、林芮斯、徐蓉蓉，以及人力资源部副总监朱蓓茹，尽管程思华内心波澜起伏，复杂的情绪相互交织，她还是稳住心神，镇定自若地完成了面试。

徐蓉蓉面带和煦的笑容，何志宏保持着一贯的严肃，而林芮斯接连不断地提出尖锐而深入的问题，覆盖营销策划和广告两个领域。程思华暗自庆幸自己在之前的广告事件后深入学习了相关知识，对于林芮斯的提问，她应对自如，几乎对答如流。

面试结束后的第三天，程思华接到了蓝海集团人力资源部的电话。

"程老师。"人力资源部的同事依旧沿用旧日的称呼，这让程思华心中涌起一丝酸楚。她几乎忘记了，曾经在公司里，与那些没有直接利益冲突的部门同事，关系其实相当融洽。

人力资源部的女生用柔和的声音继续说道："我这里是人力资源部，想向您转达一下管理层的决定。您在面试中表现出色，但营销策划组负责人的职位领导另有想法。因此，管理层想问问您，是否愿意考虑担任广告组负责人的职位，我们能为您提供的月薪最多为税前1.6万元。您可以再考虑一下，我们希望在三天内收到您的答复。"

程思华愣住了。广告组，这个她最不熟悉的领域？而且，1.6万元的薪资，甚至还不到她离开蓝海时的一半。

就她最近了解到的信息，在黄静因为那次在广告短片审查中失误，给公司造成负面影响，从而被降级处理后，何志宏从外招聘到一个年轻人——冯路，来接替主管的位子。只不过，冯路入职后，一直积极寻找着跳槽的机会，这个广告组负责人的职位实际上完完全全是他的一个跳板。不出几个月，也就是两周前，冯路成功跳到了另一家公司。他自己倒是完成了职业和薪资的再一次提升，可却留下了一堆未完成的工作和混乱的局面，把何志宏、林芮斯和徐蓉蓉都气得不轻。

冯路离职之后，他的工作职责自然又回到了黄静手中，而黄静原本有望借此恢复她的原职。黄静对自己早有不满，程思华想到此处不由皱起了眉头，意识到若自己接下这个职位，黄静复职的希望就会彻底破灭，这将使得两人的关系更加紧张。黄静在广告组有相当的话语权，和徐蓉蓉关系也一向融洽，如果真的在同一团队共事，程思华能预见到，自己未来的日子绝不会轻松。

虽然不知道这个"馊主意"是谁出的，但程思华明白，她目前的处境并不允许她去深究这背后的复杂关系，她没有资格挑剔或讨价还价。在这个关键时刻，即便如今公司给她开的薪资不如离开时的一半，也无疑是对她当前经济困境的巨大缓解。

而且，广告组……程思华的目光变得深邃，这里，或许藏着能让她未来彻底翻身的筹码。

程思华接受了广告组主管的职位，并在当晚，父亲的病床前，便开始了紧张而密集的学习，全力以赴地恶补广告相关的知识。

当程思华的身影再次出现在蓝海集团市场部的门口时，部门内的气氛仿佛被冻结了一瞬。同事们的脸上表情各异，惊讶、同情、好奇……各种复杂情绪毫无掩饰地写在他们的脸上。

兜兜转转，经历了一番波折，她又回到了这个熟悉的地方。

面对这些熟悉的面孔，程思华内心虽然有些不自在，但更多的是深深的庆幸。面子？在过去的半年里，她的面子、里子，早已被现实击打得粉碎，她还会在乎他们的眼光吗？经历了重重打击后，程思华比任何人都更加珍惜，珍惜自己还有机会重新站在这里。

"思华，你回来了，欢迎。"徐蓉蓉迈步向前，嘴角扬起了一抹微笑。她的态度虽然礼貌，但明显不再像以前那样充满热情。毕竟，一年多的时间，仿佛转了一个圈，她们的角色发生了戏剧般翻天覆地的变化，徐蓉蓉已不再是程思华的下属，而成了她的直系上司。

程思华感受到了徐蓉蓉的戒备，不过她这次回到公司不是为了交朋友，更不是为了取悦任何人。因此，对于徐蓉蓉，她回以一个相当得体的笑容，语气中带着轻微的戏谑："好久不见，徐总。"

这声"徐总"在空气中回荡，徐蓉蓉和其他同事的脸色都不禁微微一变。

如此称呼从程思华口中说出，虽然表面上看似平静，却让徐蓉蓉感到了一丝难以言喻的讽刺，甚至是挑衅。

然而，程思华的脸上始终保持着从容不迫的神态，带着一抹温和的微笑。

徐蓉蓉内心的警觉更深了——她能感觉到，程思华已经不再是过去那个程思华。

第十五章　预算

重新入职的第一天,程思华迅速梳理了一遍市场部的人员变动,并重点仔细了解了一遍广告组内各成员的变动和职责范围。

蓝海集团广告组原本由6名成员组成,除了已经跳槽的前任负责人冯路以外,还有负责前端广告产品的李兆辰,负责平台合作和新媒体管理的黄静和赵成帅,以及负责内容创作的蔡琦、韩音。这些都是程思华曾经熟悉的面孔。

冯路走后,黄静暂时负责广告组的工作,直到程思华加入,成了新任的广告组负责人。

夜幕降临,晚上快十一点,忙碌了一整天的程思华这才回到家中,疲惫地躺在床上,心中的重压终于稍稍减轻。重新回到公司,她清楚地知道,面临的困难只会比之前更多。她必须调整好自己的心态,只有心态放平,才能更加高效地聚焦并处理工作中的问题。

程思华闭上眼睛,心里正复盘着自己今天的表现。就在这时,手机突然震动起来,嗡嗡作响,屏幕随之亮起。程思华瞥了一眼,心跳不禁加速——来电显示竟是顾清昀。她迅速挺直了身子，紧张而又不知所措地拿起手机，手指微微颤抖地滑动接听键。

"思华。"熟悉而又清冷的声音透过电话传来，仅仅两个字，便让程思华的眼眶几乎湿润了。

自从顾清昀离开蓝海之后，她所经历的种种，都让她在事后才深刻地意识到，能在实习期间就跟随顾清昀这样的领导，一跟就是好几年，是多么的幸运。

曾经，她也认为顾清昀对她过于苛刻，但如今回望过去，当她自己也成为一个旁观者，终于能冷静地看待过去的经历，顾清昀又何尝不是在为她铺设职场生涯中最坚实的基石呢。

见电话里没传来任何声音，顾清昀再次开口："思华，在听吗？"

"在，在的，顾总，您请说。"程思华牙齿都打着战，有一股想哭的冲动。

顾清昀轻笑一声："我现在不是你的领导了，怎么还这么诚惶诚恐。"

"您永远都是。"程思华不假思索地回答。

顾清昀的声音中带着一丝戏谑："既然没把我当外人，你离职的事情，出去创业失败的事情，怎么我都是最近从别人口中知道的？这半年多，你可一次都没联系过我。"

"我……我没脸联系您，也不想给您添麻烦。"程思华的声音很低，低到几乎要被电话的背景噪声淹没。

顾清昀轻叹一声："听说你最近一直在找工作，我来帮你推荐吧。我想过了，有几家企业非常适合你。"

"不用不用。"程思华心中既感激,又有些羞愧,"顾总,不用麻烦您了,我今天……我已经回到了蓝海集团。"

"什么?"顾清昀诧异道,他停顿了一下,似乎有话要说,但最终没有问出口。

最终,他轻声说:"回去也不容易。"

顾清昀对程思华的处境已然有了判断。

"生活哪有容易的事。"程思华声音轻柔,带着一丝无奈。

"嗯,吃苦了?"

带着笑意的几个字,却让程思华感到心中倍感温暖与酸楚。她咬着嘴唇,一时间竟说不出话来。

"我走之前都跟你说过,你最好留在蓝海,结婚生子后再考虑跳槽。你怎么就想着去创业呢?太着急了。"顾清昀语气中带着一丝责备。

"顾总,我生气。我气他们那样对你,我也气自己无能为力。可能那时候,我也有些恐惧没有人庇护的环境,有点想逃避吧。嗯,我知道您虽然看起来有点不近人情,但您对我们都很好,您一直在保护我,您也在保护徐蓉蓉,保护黄静,您对我们都很好。"程思华重复道,她的声音越来越低,"还有,还有,我也不用考虑结婚生子的事情了。"

顾清昀在电话那头沉默了,空气中安静得似乎只剩下两人的呼吸声。

过了许久,他才缓缓开口:"我下个月会来上海出差,到时候,我们一起吃顿饭,好好聊一聊。"

"真的吗?"程思华长久以来的阴郁心情第一次有所消散,她的语气中透出难以掩饰的激动。

顾清昀轻轻地"嗯"了一声。

一年多以前，作为品牌部负责人时，程思华的工作职责便已经包括了广告组的审批流程，但并不深入。现在来到广告组，她开始全面深入地了解广告流程的每一个环节。从广告创意的孕育，到媒体策划的布局，再到与广告商合作的具体执行工作。

在市场部这个大家庭中，各个二级部门和细分小组的工作不可避免地存在交叉，市场研究部也承担了一部分对竞争对手广告策略的分析任务，并定期将这些信息同步给广告组。程思华埋头翻阅近几个月来同行业——尤其是那些顶尖消费品公司——在广告领域的举动，同时深入研究行业内历史上最成功的案例，试图从中汲取灵感。

尽管职位有所调整，程思华负责的广告组工作量相比她担任副总监时期已经大幅减少。她一边处理着手头的琐碎事务，一边在下班后赶往医院，陪伴父亲，同时利用这些时间深入研究相关的知识体系和案例。

当前品牌部负责人徐蓉蓉和市场部总监林芮斯对程思华的态度都显得颇为微妙，整个市场部竟也随风转舵，总是在力所能及的范围内给她制造一些小麻烦。更准确地说，让她的工作不再像从前那样顺畅，过程中出现了许多奇怪的要求和烦琐的细节。

这些小动作并不足以对她的工作造成太大影响。程思华一次次地强迫自己抽离情绪，借此锻炼自己控制情绪和心态的能力。对于那些小打小闹的、恶心她的事情，她固然已经不再在意，然而，像是卡预算这种直接关系到工作效益的实质性问题，却让程思华难免感到头疼。

周五临近下班时，程思华收到了一封由林芮斯发给她并抄送徐蓉蓉的邮件，通知她部门预算被削减了45%这一惊人的决定。

压抑住内心的怒火，程思华起身，直接走向林芮斯的办公室。

林芮斯正专注地对着电脑键盘飞快地敲击，看到程思华在门口敲门，她并没有停下手中的工作，只是淡淡地说了一句："进来。"

"林总，我们组提交的预算被削减了45%，这是您的决定吗？"

"怎么了？"林芮斯抬眸不以为然地问道。

"在快消品行业，持续且大量的广告投入是常态。我们作为消费品公司，对流量的需求巨大，这都依赖于预算的支持。削减近一半的预算，势必会导致我们的流量消费者数量减少，进而严重影响营收。我想知道，公司是否已经考虑过这一决策的后果？"程思华直视林芮斯的双眼，逻辑清晰地问道。

"除了聘请代言人的费用，你们部门还要求七百多万元的预算，这真的有必要吗？"林芮斯冷冷质疑。

"林总，我们不是小公司，我们每年的利润高达数亿。许多与我们规模相当的快消品公司，他们的广告部门每年除了代言费外，还会投入上千万元。我们申请的七百二十万元，不多。以前顾总批给黄静的预算，通常都在九百万元左右。"程思华习惯性地扔出数据，据理力争。

林芮斯眉毛一挑，嘴角勾起一抹轻蔑的笑意："你也说了，那是以前。毕竟，我可不是顾清昀。"

程思华的脸色微微一变，林芮斯分明是针对她，而不是真的想要解决问题。她心中充满了疑惑和无奈：公司怎么会聘请这样一个总监？

"再说，顾清昀不是一直强调要提高公司用户类消费者的比重吗？急于走量，目光短浅，这似乎与你们顾总的理念背道而驰。"林芮斯微笑着看着她，说出的话却毫不客气。

程思华被林芮斯的话噎得一时语塞，但她很快反应过来，说道："广告的确是吸引流量客户的重要手段，但更重要的是，这些流量客户是我们培养忠实用户的基础。流量和品牌建设两者缺一不可，我们资金充足，完全可以双管齐下。大幅削减预算，不仅会影响公司长期的品牌形象，也难以保证我们能维持以往的流量和销售业绩。林总，作为部门负责人，如果最终这个决策影响了公司的营业额和利润，您也是需要向上级解释的吧。"

林芮斯冷冷一笑，语气中带着一丝嘲讽："现在倒是来教我怎么做事了，不愧是差点坐上市场部总监位子的人。"

感受到了林芮斯的情绪，程思华试图以理性的态度来缓和气氛，她轻声道："林总，我也是为公司和您着想，就事论事地说，公司目前的利润状况良好，没有必要在这个时候大幅削减预算，这对我们都没有好处。"

"你这是在替我担心吗？那倒不必。预算削减的事我已经得到了何总的同意，现在只是通知你，不是来和你商量的。至于如何开源节流，提高客流，那就是你的事了。广告组的事情，我全权交给你处理。"

全权处理？程思华低头冷冷一笑，没再多说什么，她面色凝重地离开了林芮斯的办公室，实在难以相信这个荒唐的决策不是为了针对她个人。

林芮斯对她的敌意，或者说忌惮，究竟从何而来？是因为她曾接近市场部总监的位子？是因为她和宁远传出的绯闻，让林芮斯觉得，没准有一天自己会再次取代她？程思华懒得细想。

不论原因为何，面对预算这样的大事，林芮斯情绪化的表达和荒诞不经的决策，都让程思华几乎有些庆幸地察觉到，林芮斯的实际能力与她所认为的相去甚远。

经过连续五天的紧张工作，程思华终于召集了广告组的首次会议。

随着人员陆续到齐，程思华平静地开口："今天是我作为广告组负责人，首次与大家共同召开会议。在我入职后，按照林总的要求，我提交了未来一年的预算计划。我做的预算已经低于去年的预算，但即便如此，还是被削减了45%。"

会议室里，随着程思华的话音落下，一片议论声立刻响起。李兆辰惊讶地问道："45%？这怎么可能！哪有这样削减预算的？"

程思华有些无奈："我已经和林总、何总都沟通过，预算削减45%已成定局。我们现在能做的，只有团结一致，在有限的预算下，努力做出漂亮的客流数据。"

黄静冷笑一声："您的意思是让我们在这种情况下创造奇迹呗。"

会议室里原本压抑的气氛被这番话激起了一阵轻微的笑声，但当众人的目光落在程思华冷静的、没有任何表情的面孔上时，笑声很快就消失了。

"确实，我们面临的任务，就是创造奇迹。"她的目光在会议室里缓缓扫过，与每个人的目光一一交汇，声音无比沉稳，"如果这季度结束时，我们能够实现这个奇迹，我将确保每一个真正付出努力、贡献价值的成员都能得到他们应得的奖金。"

"都自身难保了，还在这里说大话，谈什么奖金？预算被砍了一半，这究竟算是谁的功劳？"黄静讽刺道。

面对黄静再次公然的挑衅，程思华的目光冷冽地射向她，语气不带一丝温度："黄静，如果你不愿意留下来和团队共渡难关，可以选择调组或者辞职。你有什么需要我帮你传达的想法吗？"

黄静的脸色骤然一变，她紧咬着嘴唇，不再说话。

程思华环视会议室，她的声音比刚才更加坚定："我既然回到了这里，成为广告组的负责人，我就有责任尽我所能，不辜负大家的信任。同样，我也期望大家能全力以赴，不辜负自己的才华和潜力。如果我们能在预算减半的严峻情况下，依然交出出色的广告宣传，提升数据，那么广告组在整个市场部，乃至整个公司的地位都会得到提升，每个人也都会从中受益。哪怕将来跳槽，这样的成绩也会是你们简历上的一大亮点。我们是一个团队，而团队的成败关系到每个人的利益和荣誉。"

"程老师，您有什么具体的想法？"负责内容创作的蔡琦问道。

"我以前虽然是品牌部的负责人，但并没有深入参与过广告组的具体工作。因此，我提出的构想需要我们共同探讨和完善。我期望大家能集思广益，共同努力，制定出一个切实可行的方案。目前我的初步想法是，撤掉所有投放在公交车站、商场、地铁等地方的线下户外广告，这将为我们节省下一大笔预算。现在是一个去中心化的时代，我们可以将重心转移到网络上，精心制作内容,然后大量铺开到哔哩哔哩、微博、小红书等新媒体渠道,让我们的广告以多样化的形式在不同平台上传播、发酵。"

"公司以前主要还是依赖传统模式,虽然对新媒体有所尝试,但并不多。您提出的新媒体运营模式确实有其新颖之处,但也存在一定的风险。首先,内容爆火的概率并不大,这需要我们有更高的创意和执行力。其次,这种模式可能会稀释我们产品的附加值,因为新媒体环境下信息传播速度快、范围广,但同时也可能导致品牌信息的深度和影响力下降。"

"客户在购买一瓶酸奶时,对价格确实有一个预期,但我们并不是单纯依靠产品本身去增加附加值。广告的作用在于塑造这种附加值,而新媒体只是广告的一种载体和形式。我们真正要把握的是内容的创意和质量。"程思华冷静犀利的表达中,透露出她对市场趋势的深刻理解,"你提到的品牌建设,本质上是要培养一批愿意为产品附加值买单的忠实消费者。这确实需要时间来培养,但我们目前没有那么多时间可以等待了。我们现在能做的,就是充分利用新媒体的流量优势。这些平台提供了一个低成本、高效率的传播渠道,让我们能够迅速触达目标消费者。我们的目标是创造有吸引力的内容,通过这些平台传播,从而在消费者心中建立起品牌的形象和价值。"

程思华的这番话深深打动了广告组里几位之前与她接触不多的成员,他们对她的看法都不由得发生了转变——原来,程思华不是他们眼中那个可能只有外表的"花瓶",她身上的确具备令人信服的专业能力和领导力。

负责前端的李兆辰还是提出了他的疑虑:"以前我们也讨论过

这种操作，但是没有敢打破传统去尝试，更不敢像您现在所说的这样，停掉线下广告，将仅有的预算全部投入到新媒体中，这似乎有些太孤注一掷了。"

"这正是为什么我强调我们必须制作出足够吸引人的内容。"程思华的声音充满了信心，"最近，我研究了大量在互联网上成功传播的广告短片。只要我们能制作出优秀的内容，广告就会拥有自己的生命力，它将在互联网上自行传播，生根发芽，并最终开出花。"

"在您看来，什么样的内容是好内容？"

程思华沉思了一会儿，然后回答道："我们并不需要追求极致的精良制作或是巨额的资金投入，关键在于创意，在于能否触动人心，是否贴近生活，是否充满趣味。只要我们能打造一个爆款，所吸引的客流量将是难以估量的。"

程思华的这番话无疑触动了在场的大多数人，尤其是蔡琦。他虽然一直在提出问题，看似质疑，实际上却比任何人都要兴奋。蔡琦擅长内容创作，这正是他心中早已酝酿的想法，只是之前几次提出都被领导驳回。对于公司内部的权力斗争，蔡琦毫无兴趣，他出身艺术，专注于艺术设计，而今天，程思华竟然提出了在他心中早已盘旋的想法，他怎能不激动？他站起身来，目光坚定地看着程思华，表明了自己的立场。

"程老师，我会全力配合。"

程思华微笑着点了点头，随后转向其他团队成员："你们呢？"

"我没意见，全力配合。"韩音也点头表示同意，她一直以蔡琦的意见为主导。

回想起程思华虽然年轻，可无论是作为品牌部负责人还是市场部副总，都取得了相当优异的成绩，大多数决策都是在冷静分析后做出的正确选择，李兆辰也点了点头表示支持："我也没意见，现在大家荣辱与共，只能一起拼一把。"

程思华转向负责新媒体管理的黄静和赵成帅，征求他们的意见："你们怎么看？"

"我没意见。"赵成帅低声表态。

"既然大家都同意了，那我们就按这个方向推进。不过，你打算撤掉所有线下广告，如果线上效果不佳，有任何闪失，这个责任可不轻，你得想清楚怎么向林总、何总交代。"黄静冷着脸提醒道。

程思华微微一笑，语气平和："你以前也是我团队的一员，哪次决策出了问题我不是自己承担责任，我何曾推卸给过你或其他人？"

黄静的脸色微微一变，随即沉默。程思华在待人接物上一向和善宽厚，这方面的确让人无可指摘。

"那么，我们来讨论一下具体的细节。我初步准备了一个策划方案，我在这方面不如各位专业，希望你们能不吝啬地提出宝贵的意见。"程思华边说边在会议PPT上展示了自己提前准备的策划案。

"针对本次广告宣传在网络上的多渠道布局和策划，我已经构思了几个核心方向。"程思华点击PPT，展示着她的策划方案，"产品策略和定位至关重要。我们以前的广告里，小蓝罐和小粉罐的定位是低糖、低脂、无添加，主打健康理念。我想未来，在小蓝罐和小粉罐的广告中，我们应该更突出产品特色。对于针对年轻客群的小粉罐，我们可以重点宣传其添加的益生菌帮助女性保持身材的功效；而对于针对中老年客群的小蓝罐，我们可以强调添加燕窝的滋补功效。此外，我们还可以突出环保概念——这些设计精美的酸奶罐子，喝完酸奶后还可以用来种花。这都可以拍成唯美的短片。"

"在网络营销方面，我们可以采取多元化的策略。比如直接在工厂录制，分享酸奶的制作过程，赢得消费者的信任；在小红书上，我们可以与素人合作，邀请他们分享使用我们的酸奶制作的食谱等。同时，我们还可以开展话题挑战、与KOL合作、直播带货等活动，以提高用户的参与度和转化率。"程思华强调，"在不同的渠道，采取不同的方式，这需要大家亲自去做市场调研，亲自去体验和直接看市场研究部递来的数据，感受会截然不同。"

没想到程思华准备得如此充分，会议室几人面面相觑，不由自主地对她产生了更深的敬意。

"程老师，你的思路很清晰，我没什么意见，对于具体的策划方案，更细节的东西，的确需要我们亲自去了解市场后，才能深入讨论推进。"李兆辰首先开口，他的态度明显比之前要尊重许多。

随后，团队成员们就广告投放的具体时间点、预算分配以及预期效果等细节进行了深入的讨论。程思华耐心地听取每个人的意见，并在必要时提出自己的想法，恰到好处地推动着会议进程，会议室里的气氛逐渐热烈起来。

"具体的分工我已经初步拟好，稍后会发给大家，这些都是今天就可以开始着手的工作。"程思华在会议的尾声总结道，"至于我们的重头戏——高质量的内容，会后，蔡琦、韩音，你们留下，我们再进一步讨论。"

会议结束后，其他人陆续离开，蔡琦和韩音留了下来。程思华从文件夹中取出一沓文件纸，递给了他们。文件纸上是她密密麻麻记录的点子和两个微剧本的草稿。

"我这里有几个 slogan 和创意，还写了两个微剧本的草案。"程思华将文件递给他们，"这些只是我个人的一些不成熟的想法，都是我一个人边学习边做的，肯定有很多不足之处。有什么问题你们可以直接提出来，如果你们有更好的创意，我们也可以探讨。"

蔡琦和韩音接过文件纸，目光在字里行间游走。蔡琦的眼中逐渐闪烁起兴奋的光芒。

"虽然这些想法在专业层面还有待加强。"蔡琦微笑道，语气中透露出对程思华的赞赏，"但您的创意确实精彩，我觉得我们完全可以在此基础上继续深化。"

听到蔡琦这个专业人士的肯定，程思华内心涌起欣慰，这几天夜以继日的辛苦还好没有白费，她接着说："如果你们觉得有必要，我们可以请更专业的人来协助。"

蔡琦点了点头："不过，即使聘请外部团队拍摄，也没有人能比我们自己更了解公司的文化和产品的优势。我们至少应该自己先对短片的构思、剧本、元素等有清晰的认识和明确的把握。"

"程老师，您真是太全能了！"韩音的目光从文件中抬起，投向程思华，对这个曾经交流不多的年轻上司彻底刮目相看。

"我只是再也没有退路了。"程思华的声音极轻，轻到两人都没听清楚她究竟在呢喃着什么。哪有什么天生全能的人？不过是她付出了别人都不愿意付出的努力。

"您说什么?"蔡琦追问。

"没什么。"程思华轻轻摇头,长长的睫毛掩去了眼中的忧伤,当她再次抬头时,神情已经恢复了冷静。

第十六章　针对

程烨完成了首次化疗，医生对他的身体状况进行了重新评估，最终得出结论，他有接受手术的条件。

只要能够进行手术，就有治愈的希望。

从医院赶回公司的路上，程思华既想哭，又想笑。心中的重压似乎减轻了一些，但那份担忧和不确定感却依旧如影随形。

周芸坚持每天在医院里陪伴着程烨，程思华则在医院和公司之间马不停蹄地奔波。数次坐着地铁来回奔波的路上，程思华一次次坚定了决心，她要全力以赴地工作，要竭尽全力地赚钱。

她再也不想重温那种因为没有钱而束手无策的无助滋味了。

抵达公司后，程思华走进茶水间，准备泡一杯咖啡。就在这时，迟瑾萱端着杯子走了进来。

四目相对，迟瑾萱的脸上闪过一丝不自在，她走到水池边，低下头，静静地清洗着自己的杯子，没有开口。

"迟总，感谢最近的配合。"程思华轻声说道。

销售部作为直接与客户接触的前线，自然能够收集到客户最为及时和直接的反馈，这些反馈对程思华最近的工作至关重要。最近，程思华让组里的同事去销售部索要这些信息，如果迟瑾萱拒绝或者推托，程思华在当前的艰难处境下几乎无计可施。然而，出乎意料的是，迟瑾萱不仅迅速整理并发送了所有相关资料，还额外提供了销售部内部私下整理的数据，极大地节省了程思华的时间和精力。尽管不清楚迟瑾萱为何会伸出援手，但此时此刻，对程思华而言，这无疑是雪中送炭。

迟瑾萱洗杯子的动作微微停顿，语气平淡："这是我分内的事。"

"还是要感谢你，我现在的处境，你完全可以不帮我。"程思华的声音坦率而真诚。

迟瑾萱手上的动作顿住，目光停驻在了程思华的脸上："我和宁远离婚前，曾听宁远的助理私下议论，说有个年轻漂亮的女孩子经常去找他，两个月后，他就和我提出了离婚。我质问他，但他从未承认过。交流会那次，我看到他对你……我以为那个女孩是你。后来我才知道，你确实是在我们离婚很久后才认识他的，你们之间清清白白。所以，对于那天的误会，尽管已经过去很久，我还是想对你说声抱歉。"迟瑾萱脸色微微泛红，显然这番话对她来说并不容易说出口，"如果你还心存芥蒂，你……你打回来也行。"

程思华微微一怔，随即轻笑了一声，终于揭开了心中的疑惑。"宁总看起来并不像是会出轨的人。"她有些好奇。

"人心难测，或许我只是过于敏感，也许是那个女孩一直在追求他，又或许……但无论如何，"迟瑾萱的笑容中带着苦涩，"对现在的我来说，这些都已不再重要。"

"确实，把握自己才最重要，其他的事情，终究是次要的。"程思华轻轻一笑，语气从容。

"你比我早看清了许多事情，我以前，实在是太糊涂了。"迟瑾萱再次苦笑，或许是不喜欢继续沉浸在这样压抑的话题中，她转而问道，"我注意到你们广告组最近在新媒体方面有不少动作，你是打算打造网红酸奶吗？"

"还早呢，毕竟预算有限。"程思华语气中带着一丝无奈。

"如果需要我帮忙，尽管说。"

程思华的脸上泛起一抹感激的微笑，她轻轻点头。

广告组的这种创新尝试自然也传到了林芮斯的耳中，但她既然已经削减了程思华近一半的预算，并且信誓旦旦地说过不会干涉，便也没有理由过多插手程思华的工作。

就这样相安无事地过了三周，程思华全身心投入到工作中，带领广告组的同事们共同努力，办公室里充满了忙碌而有序的气氛。第三周的周会结束后，刚从外地出差回来的林芮斯把程思华叫到了办公室。

程思华暗自思忖，难道是自己近期的工作出现了什么差错？林芮斯的声音打断了她的思绪："思华，有一项任务需要你亲自出面处理。"

"您说。"

"在顾总任职期间，姚意微的事务一直是他带着黄静去对接的，对吧？"林芮斯提及了一个熟悉的名字。

程思华目色骤然一凝，她点了点头："是的。"

一线女星姚意微，是蓝海集团三年以来的御用代言人。

"我们与姚意微签订的三年合约还剩三个月就要到期了，她的经纪人已经通知我们，合约期满后将不再与蓝海集团续约。"林芮斯神情严肃，"我们与姚意微的合作效果一直非常显著。而且，我私下里询问过几位与姚意微影响力相近的艺人的广告报价，他们的价格几乎都是她的两倍还要多。对公司来说，如果在这个时候更换代言人，不仅成本高昂，效果也难以预测。作为广告组的负责人，这件事就交给你了。"

"什么事？"程思华愕然。

林芮斯轻描淡写地说道："续约啊！我们可以将代言费最多再提高30%。"

"林总，公司之前没有派人去和姚意微方面沟通吗？比如您亲自出面？"程思华试探地问道。

林芮斯的神色微微变化："我和姚意微的经纪人有过几轮接触，但都只是浅尝辄止，并没有深入讨论。毕竟我加入公司的时间不长，之前与姚意微的合作并非由我负责。我只听说是黄静陪着顾总，与姚意微本人有过几面之缘。这件事交给你们，我放心。"她的话圆滑周到，将自己的责任推卸得一干二净。

程思华微微低下头，她的眼神中闪过一丝不易察觉的冷意。林芮斯肯定已经私下与姚意微的团队进行过谈判，并且以失败告终，这才将这个烫手山芋扔给了自己。如果谈判成功，那是林芮斯的功劳；如果失败，也有人来承担责任。林芮斯虽然说代言费可以提高30%，但如果程思华真的谈成了，这额外的30%代言费，恐怕也会成为她的一大罪状。

这很难不让程思华怀疑，林芮斯是想借机一举两得，既解决了问题，又将她排挤出公司。

既如此，当初为何又要招她？程思华想不通。

但在姚意微的事情上，程思华脑子却格外清楚。事实上，从得知自己被任职为广告组负责人的那天开始，程思华就想到了姚意微团队提出解约的这一天的到来。

姚意微之所以愿意以低于市价这么多的价格代言蓝海集团，顾清昀在其中扮演了关键角色。顾清昀从市场策略的专业角度说服了姚意微，通过代言蓝海旗下的健康酸奶产品，吸引更广泛的消费者群体，实现互利共赢。

在与蓝海集团合作之前，姚意微的粉丝主要集中在十五岁到三十岁之间的年轻人群体，但随着社会老龄化趋势的加剧，蓝海集团近年来也开发了多个针对中老年人的酸奶产品，这也是顾清昀对姚意微的承诺之一，即通过印有她照片的酸奶和广告，打入更具消费能力的中老年人市场，从而大幅提升姚意微的市场影响力和商业价值。每一条姚意微拍摄的广告，都由顾清昀亲自把关，最终成功打造出了爆火产品小蓝罐，这个产品在营销上的成功，不仅提升了蓝海集团的市场份额，也极大地提升了姚意微的商业价值。

顾清昀和姚意微的合作，无疑达成了双赢的效果。

除此之外，姚意微与顾清昀的私人关系也相当不错。程思华凭借自己作为女性的敏锐直觉，相信姚意微对顾清昀至少是非常欣赏的。如今顾清昀如此狼狈地离开，新上任的林芮斯又对顾清昀之前的规划大刀阔斧进行改革，自然让姚意微感到不满。

姚意微要解约，对公司而言无疑是个大麻烦，毕竟，如果更换姚意微，邀请其他同级别的明星代言，公司不仅要多支付至少几百万元的代言费，而且风险也极高。

这是一个棘手的问题，但对程思华而言，这件事越是困难，越是一次难得的机遇。

程思华仍是面带难色，一副恐慌而不情不愿的模样，缓缓开口："林总，这事交给我恐怕不妥。我之前虽然跟着顾总，但也都是做些辅助工作。与姚意微的合作，包括私下会面，都是顾总亲自去谈的。这样的重任，我实在不敢擅自决断。"

林芮斯审视着程思华的表情，见她显得惶恐不安，嘴角勾起一丝微笑："我和顾总的做事风格不同，目前品牌部很多新策略也在同步开展，我很忙，没有时间亲力亲为。再有，这件事本来就是广告组的职责所在。"

"可是……"

"我这是通知你，不是在和你商量。"林芮斯直接打断了她的话。

"如果和姚意微那边实在谈不妥，会怎么办？公司会考虑重新找一位代言人吗？"程思华追问。

"你也知道咱们梁董的风格，什么都是越省钱越好，预算永远有限。不过，当然了，你可以呈报方案，如果你能让老板们同意多花几百万元更换一位代言人，那自然也是你的本事。"林芮斯回答得轻描淡写。

目睹程思华那副仿佛被噎住的神情，林芮斯轻轻一笑，亲自起身，将她送出了办公室。

办公室的门在身后轻轻关上,程思华的脸色逐渐变得凝重。她步履缓慢地走进电梯,一路来到了楼上的一间会议室,并发了一条信息给黄静,让她到会议室来,自己有事需要与她商谈。

会议室里,程思华等了十几分钟,方见黄静悠然自得地走进来,手上还端着一杯似乎是刚接好的热水,径直坐在了她的对面。

"程老师,你特意把我约在会议室,是有什么事情?"黄静不紧不慢地问道。

"刚才林总和我谈了谈,关于姚意微拒绝续约的事情,你有所耳闻吗?"程思华直截了当地切入正题。

"我现在知道了。"黄静的眼神中掠过一丝难以捉摸的微妙。

"林总说,续约的相关事宜由我来负责,你来协助我。"程思华继续说道,她观察着黄静的表情,见她眼底分明藏着一抹不出意外的了然,语气却显得格外诧异。

"您来负责?"

程思华微微一笑,说道:"这件事需要我们携手合作。你曾作为广告组的负责人与顾总一同多次拜访过姚意微,我想你这边一定有包括她的联系方式在内的相关信息资料,你们当时签订的合作协议以及其他相关的材料档案,我也希望你都能发给我了解一下。"

"我得回去查找一下。"黄静的回答显得有些闪烁其词。

她低下头,心中不禁冷笑。重新聘用程思华是何志宏的主意。广告组负责人位子空缺,加之前任负责人冯路留下的混乱局面,何志宏在候选人之间挑来选去,最终认为最适合收拾残局的人非程思华莫属。

程思华不仅是前任总监的心腹，更曾是一度接近总监位子的副总监。在讨论是否重新聘用程思华时，林芮斯曾极力反对，他本想提拔自己人担任广告组负责人。然而，程思华最终还是在何志宏的力保下回到了公司。现在，程思华在各种事务上表现出的冷静犀利以及油盐不进的办事风格，更是让林芮斯感到不安，绞尽脑汁想要把程思华排挤出去，最好是迫使她主动辞职。卡广告组的预算虽然是一步不算高明的棋，但也足以造成不小的麻烦。

明明知道部门负责人正对程思华进行排挤，而程思华一旦离开，广告组负责人的职位空置，岂不是极有可能会回到她的手里，黄静自然不愿在这个时候出手相助。这无疑是让程思华离职的最好契机，她们之间的关系远比表面上的上下级关系要复杂和微妙得多。

"我取代了你的位子，你对我有所不满也是人之常情。"程思华坦率地说，话语中没有丝毫的回避。

黄静有些惊讶地抬起头，目光与程思华坦诚的视线相接，她没料到程思华会如此直截了当，顿了一下，尴尬地回应道："我怎么会，您这话从何说起？"

"我理解你，理解蓉蓉姐，当然也理解林总。"程思华语调平静温和，"我知道你们背后的议论和动作，但我对基于利益关系的同事，说实在的，本身也没抱有过高的期待。设身处地地想，如果有人触碰了我的利益，我也不可能无动于衷。"

黄静愣住了，一时间竟找不出合适的话语来回应。

"林总今天对我说了一句话，她说她和顾总不是同一种类型的领导,我完全同意这一点。我和顾总都是那种专注于工作、对事不对人的人。从我加入公司以来,你就在广告组,我们共事了这么多年,我相信你对我个人的品性和为人应该有所了解。至于林芮斯是什么样的人,以及她将来会如何带领这个部门,你这么聪明,应该也能够洞察得到。"

黄静沉默了一会儿,才吞吞吐吐地说道:"林总她……确实和顾总有些不同。"

"和姚意微对接广告方面的工作,一直是顾总带着你去的。"程思华继续说道,"你以为这次事情办砸了,只是我一个人承担后果吗?"

黄静的目光深邃,她凝视着程思华:"你说的这些我都考虑过,但是……"

"但是她给了你承诺,说我离开后,这个位子就会是你的,对吗?"程思华赤裸裸地问道。

黄静脸色微变,陷入了沉默。

"关键是,她的承诺并不能作数。你我都在工作上有过失误,那次广告事件给公司带来了数十万元的直接损失,更不用说间接损失了。如果这次与姚意微的合作再次失败,你凭什么认为管理层会信任你有能力担任广告组负责人?到那时,即便林芮斯真心想提拔你,也绝非易事。而且,如果她真的有意重用你,那么上一次广告组负责人的招聘和面试流程根本就不会出现,我也不会站在这里。在我看来,如果再出事,她能保住你不被开除,对你来说已是恩赐。"程思华的话直击问题的核心。

黄静只能苦笑:"她是部门总,我没有别的选择。"

"你当然有选择！"程思华轻轻一笑，语气坚定，"现在，我们才是利益共同体。我虽然性格直率，或许曾让你感到不适，但作为这么多年的同事，你知道我的为人——如果你全力支持我，我保证你也会得到你应得的一切。"

黄静怔怔地望着程思华，她眼中那股冷静与锐利，让她不禁想起了另一个人。这已经不再是她记忆中那个天真烂漫的女孩。

"思华，我一直以为你是个没有野心的人。"黄静轻声说。

"没有人会停在原地。"程思华神色冷静，"我不能保证一定会成功，但如果我们能以不超过去年10%的涨幅拿下这份合同，就能为公司节省三四百万元的代言费。我会以此作为筹码，为自己争取应得的一切，也会为你争取恢复原职的机会。"

黄静紧咬着下唇，一时间陷入了沉思。她的内心似乎在经历着一场激烈的斗争，权衡着利弊和未来的不确定性。片刻之后，她的眼神中逐渐浮现出坚定的光芒，仿佛做出了一个重要的决定。

她轻轻地，但坚定地点了点头。

第十七章　代言

蓝海集团总经理办公室内，林芮斯正向何志宏汇报近期的工作进展。阳光透过半开的百叶窗，洒落成斑驳的光影，铺陈在两人身上。林芮斯站在宽敞的办公桌前，眉头紧蹙，脸上写满了焦虑。

听完林芮斯的汇报，何志宏的手指下意识地敲打着膝盖，他沉思着说："关于代言费用，公司的预算确实有限，股东和董事们不会接受与去年相比太大的差价。"

林芮斯眼中闪过一丝愠怒，她无奈地说道："我已经私下尝试联系姚意微好几次了，但连她的面都见不到，电话也全部被拒接，实在令人恼火。"她把手里的文件用力地拍在桌上，发出一声沉重的响声，"姚意微的经纪人反复跟我强调，他们未来不可能再和我们公司合作。现在，虽然我表面上把这件事交给了程思华处理，但还是需要准备一个备选方案，否则梁董一定会责怪我，毕竟我才是市场部第一责任人。说到程思华，何总，她可是你招揽的'得力干将'，你知道她给我带来多少麻烦吗？"

"程思华确实是个有能力的人，这姑娘外表看起来柔弱，但内在强悍,"何志宏缓缓说道,他理解有能力的人往往有自己的个性,"我让她回来,是希望你能减轻一些工作压力。她现在比你低两级,越不过你头上去。你应该思考如何改改自己的性子,学会用人,而不是总是制造对立,给自己树敌,也给我带来麻烦。而且,正如我刚才所说,管理层不会关心市场行情,他们只会质疑,既然顾清昀能够以低价签下姚意微这样的代言,说明这是可行的,为什么你就做不到?"

林芮斯带着一丝撒娇的语气,手指轻轻摩挲着何志宏的手背,声音中透露出一丝柔软:"何总,我知道您一直关心我,为我着想,但我现在和程思华已经到了水火不容的地步,她总是和我作对,您一定要帮帮我。"

何志宏紧握住林芮斯的手,眼神里滚过一丝炽热,随后叹了口气,略显无奈地说道:"现在,我们只能把姚意微不再和公司续约的原因归咎于顾清昀和程思华。我会去和梁董沟通,顾清昀和姚意微有私交,姚意微的这个决策,多少也有点为朋友出气的成分,就像以前低价签约是为了给顾清昀一个面子一样。你也准备一下,私下联系几个合适的代言人。在半年度大会临近前,我会安排你出差,尽量撇清续约失败的关系。"

林芮斯眼睛一亮:"等到程思华和姚意微签约失败后,我就可以站出来,力挽狂澜,推出我已经准备好的代言人。"

何志宏微微点头,他思虑片刻后,再一次确认道:"你确定姚意微绝对不会和公司签约了吗?"

"当然确定。"林芮斯语气坚定,"我已经把代言价格从300万元提高到了500万元,但姚意微依然拒绝。而我给程思华的预算仅比去年提升了30%，在这种情况下，哪怕姚意微松动了，改变主意愿意签约，她也只会来找我商谈500万元甚至更高的价格，她不可能与程思华以去年代言费130%的价格达成协议。"

何志宏继续追问："你应该也很清楚，姚意微之前愿意低价签约，多半也是由于顾清昀这层关系，如果顾清昀出手帮助程思华呢？"

林芮斯冷笑一声，眼神中流露出明显的轻蔑："这点我早就考虑过了。我第一次联系姚意微时就表明了我是顾总的人。对方明确表示，即便顾总亲自出面，也不会再接这个代言，更何况顾总已经和蓝海没有任何瓜葛了。毕竟几百万元的利润摆在眼前，再好的关系也抵不过现实的考量，姚意微不是傻子。"

稍微停顿了一下，她接着说："而且，我之前问过黄静，也通过别的方式打听确定过，顾清昀和姚意微之间绝没有超出工作之外的任何特别关系。现在顾清昀人在北京，他的手也伸不到这么远。退一万步讲，还是刚才那句话，就算姚意微要签约，也会来找我。我不相信顾清昀一个电话能让姚意微放弃几百万元的利益。"

何志宏沉思了一会儿，然后说："既然这样，那么在本月的月度总结会议上，就让程思华自己来汇报这件事。"

林芮斯脸上露出了满意的微笑，她从一个小企业营销岗，一步步做到了市场部总监，又在行业交流会里攀上何志宏，坐上了如今这个位子，个中的艰辛只有她自己知道。这个计划或许真的能让她从这场危机中脱身。即使不能全身而退，至少也能消除程思华这个潜在的威胁。

缓缓站起身，她走到何志宏这间总经理办公室的门口，将门锁旋紧。

　　随后，林芮斯回到了何志宏的身旁，轻轻搂住何志宏的脖子，将身躯倚靠在他的肩头，眺望着窗外的车水马龙、种种繁华，任由何志宏的手抚摸着她的腿部，神情中悄然掠过一丝难以名状的哀凉。

　　"你在这里等我，结果也是一样的，我之前已经表明了立场，不合作就是不合作。"

　　网球场的一隅，姚意微将球拍搁置在休息区的椅子上，走向场边，拾起毛巾轻拭去额上的汗珠，语气冷淡地对站在一旁等候了良久的程思华说道。

　　据黄静所提供的信息，顾清昀和姚意微常常在下午六七点钟，约在这个偏僻网球场旁的咖啡馆里见面。程思华已经连续几日在此守候，今日终于等到了姚意微的出现。她耐心等待，直到姚意微打球尽兴，才缓缓走近。

　　程思华把手里的矿泉水瓶盖拧开，递到姚意微手边："姚老师，我理解您的感受。我跟随顾总多年，一路得到他的提携，目睹林总现在破坏顾总过往精心布局的种种举措，我比您还要更加痛心。"

　　姚意微转头，目光在程思华脸上凝视了片刻，然后接过矿泉水，轻抿了几口，依旧保持着沉默。

　　"小蓝罐系列是顾总为深入中老年消费者市场而精心布局的产品线，邀请您成为小蓝罐系列的代言人，背后的商业考量我也非常清楚。实际上，我们原本还计划推出更高端的小紫罐系列。按照顾总的原计划，小紫罐系列现在应该已经上市，顾总锁定的是消费力更强的中老年客户群体。但林总上任后,这个计划戛然而止。"

姚意微的嘴角勾起一抹冷笑,话语中满是对林芮斯决策的讥讽:"林芮斯真是个短视之辈,她不仅破坏了顾清昀为开拓中老年市场所付出的努力,还将公司的目光重新引向年轻消费者,急于追求销量,牺牲品牌价值,放弃了长远的品牌建设。你们的管理层难道都是摆设吗?"

姚意微的尖锐评论让程思华忍不住轻轻笑了出来,她说道:"还是您眼光毒辣,市场具有滞后性,林总的这种破坏目前还没有体现在数据上,但用不了太久,销量的下滑将不可避免。"

"既然你对这些利弊关系了如指掌,自然也能明白我决定不再与贵公司合作的原因。如果贵公司只着眼于节省成本、增加短期利润,不致力于长远的品牌发展,不与竞争对手形成明显区隔,那么在众多品牌的竞争中将难以脱颖而出。频繁的促销活动最终只会让品牌逐渐失去市场竞争力。以前,我以低于市场价一半的价格与贵公司合作,那是因为我和顾总理念相投,可以说是在为自己的理念投资。而现在,请问,我还有什么理由继续?"姚意微笑得讽刺。

程思华缓缓说道:"我曾经担任市场部副总监,并且代理过市场部总监的职责。"

姚意微轻轻一笑,揶揄地看着程思华,道:"这我有所耳闻。如果不是你主动辞职,现在你可能已经是市场部总监了。现在……真不知道你想要追求的是什么?"

听到这番揶揄,程思华也不恼,平静地继续说道:"我从实习生时期就开始跟随顾总,在我代理市场部总监期间,我完全秉承顾总的策略。现在,顾总虽然去了北京,但如果我能够接手,我将重启小紫罐项目,并像顾总一样,重视中老年市场的开发。"

"你……你想接手?你想取代林芮斯?"姚意微的眼中流露出不可思议。

程思华坚定地回答:"如果能得到您的帮助,这并非不可能。"

"程思华,你应该明白,商场上的事情远比你想象的复杂。"姚意微的声音低沉,带着一丝警告,"林芮斯虽然目光短浅,但她能坐稳这个位子,说明她在公司内部并非没有支持。你想取代她,绝非易事。"

程思华神情里是一种深思熟虑后的坚定:"我当然知道,但我也有我的优势。我在市场部就任期间,在人脉和资源上不是毫无积累,林芮斯上任以来,也并没有外界看到的那么能服众,大家心中都自有评判。如果能得到您的支持,我有信心继续推进好之前被搁置的种种工作。"

姚意微沉默了一会儿,程思华的话不无道理,她自己也曾是顾清昀策略的受益者,如果不是林芮斯,她或许还会继续与蓝海合作。

"你想我怎么做?"姚意微终于开口,她的声音中带着一丝松动。

程思华心中一喜,知道姚意微已经有所动摇,她缓缓开口:"首先,我需要您作为代言人,继续推广小蓝罐系列,稳定现有的市场份额。"

姚意微挑了挑眉:"就这些?"

"我还希望您可以亲自和我们梁董提出,如果由我负责市场部,您才可以继续当这个代言人。"程思华想,顾清昀不会是她的靠山,宁远不会是她的靠山,她如果真正想在这里立足,往更高的地方走,她要赢得的只有梁永这个实际掌权者的信任。

"代言费呢?"

"代言费方面,我能为您争取到比去年高10%。"

"10%?你知道林芮斯开给我的价格有多少吗?"姚意微轻笑着摇头。

程思华不慌不忙地说道:"您也知道我的处境,现阶段,我的确很难为您争取到太多,但我确定,您今天损失的这些代言费,日后蓝海公司都会以其他方式回报给您。我相信您当时以300万元的价格签约,也不完全是为了这笔代言费,不是吗?我们有共同的目标的理念。"

姚意微沉思了片刻,然后缓缓说道:"我可以考虑一下。但我需要看到小蓝罐和小紫罐未来具体的计划和市场份额扩张策略。"

程思华连忙点头:"这是当然。我会准备一份详细的计划书,亲自送到您手上。"

程思华从网球场回到了公司,同事们都已经下班,只有蔡琦和韩音还在会议室等着她。

"程老师,你看起来脸色好差,需不需要先休息一下?"见程思华脸色苍白,额头上挂着细密的汗珠,脚步有些踉跄,蔡琦有些担忧。

程思华勉强挤出一个微笑,安抚两人道:"我没事,只是有点累。我们的短片怎么样了?准备好了吗?"

"短片已经做好了,今晚就投放到互联网上,看看效果。"

程思华点了点头,她的声音中带着一丝坚定:"好,我们得抓紧时间。这个短片对我们来说至关重要。"

话音刚落,程思华突然感到一阵眩晕,眼前一黑,身体不由自主地向前倾倒。蔡琦眼疾手快,急忙扶住了她,但程思华已经失去了意识。

"思华!思华!"蔡琦的声音中充满了恐慌,他急忙拨打了120,同时将程思华平放在地上。

在医院的急诊室里,程思华缓缓睁开眼睛,一片模糊的白色逐渐变得清晰。她发现自己躺在病床上,手上插着输液管。蔡琦坐在床边,脸上写满了担忧。

"蔡琦……"程思华的声音虚弱,她试图坐起来,但蔡琦急忙按住她。

"程老师,可千万别再动了,你刚刚晕倒了,医生说你需要休息。"

程思华叹了口气,她知道自己最近的身体状态已经透支到了极限:"我知道,最近都是两三点睡,四五点起,可能是睡眠不足。"

"两三点睡,四五点起,程思华,你是在玩自杀吗?"

带着怒意的熟悉的声音从门外传来,程思华又惊又喜地看向门口,眼里几乎是一瞬间闪烁起了泪花。她张了张嘴,却发现自己一个字都吐不出来,只有一阵一阵的酸涩,汇聚成眼泪,从眼眶里夺目而出。

蔡琦惊呼出声:"顾总,您怎么在这里?"

"这个月来上海出差,听说程老师工作太过操劳,竟然晕倒了,就特地来看看。"顾清昀的声音平静,但蔡琦却感到顾清昀口中的"程老师"三个字似乎带着一丝不易察觉的古怪,让他一时语塞,不知该如何回应。

蔡琦的目光不由自主地转向程思华,只见平日里冷静自制的她,此刻竟如同变了一个人,缩在被子里像只小猫,偷偷地观察着顾清昀,脸色异常苍白。

顾清昀径直走到病床边,看到程思华脸庞瘦削了一大圈,毫无血色,眼中还"吧嗒吧嗒"地掉着泪,那样沉默地掉着泪,他本就阴沉的脸色霎时间变得更沉。沉默地凝视了程思华好一会儿,气氛凝重到连旁观的蔡琦都感到有些不安,终于,顾清昀轻轻地叹了口气,用余光淡淡地扫过蔡琦,低声说道:"我和思华有些事需要单独谈谈。"

蔡琦微微一愣,他的视线在程思华和顾清昀之间来回流转,而后低下了头,掩饰起眼里的笑意,轻咳一声说道:"我还有点事需要处理,就先行一步了。程老师,您好好休息。"

"好。"尽管程思华内心波澜起伏,她依然不忘对蔡琦交代着工作上的事情,"短片投放的事情延后一天,明天早上我到公司后投放,方便我们监控市场反馈,及时做出调整。如果林总那边有什么动作,你第一时间给我打电话。"

"没问题,我会安排好。"蔡琦干脆地答应了。

随着蔡琦轻轻关上病房的门,空气中只剩下令人尴尬的沉默。

"顾总,我们一年没见了。"支支吾吾说出这话后,程思华好不容易止住的泪水,再次不争气地滚落了下来。她自己也被这一阵又一阵突如其来的情感波动弄得有些迷茫,不明白为何在这个时刻,心中会涌现出如此多的酸楚。明明,在顾清昀作为她顶头上司的那些年里,她对他总是敬畏甚深,也时常私下抱怨。

顾清昀冷着脸问道:"这一年,你就用这种方式对待自己?"

程思华低下头,张了张嘴,却不知该如何回应,只好转移了话题,轻声问道:"顾总,您怎么知道我来医院了?"

"你在公司里被120急救车当众接走,在蓝海这么多年,我不至于连这样荒唐的新闻都一无所知。"

程思华面色尴尬地抬头望向他,两人的目光在空中交织,但在顾清昀那深不见底的眼眸中,程思华却读不出任何情绪。

"那您应该也清楚我现在的处境。"程思华低声说道,"如果不能拿出真正的成绩,我在这儿,是待不下去的。"

"你太急躁了……"目光落在程思远憔悴忧郁的脸庞上,顾清昀突然间神色一凝,口中的指责戛然而止,似是意识到了什么,话锋一转,问道,"思华,你是不是遇到什么困难了?"

顾清昀直直盯着程思华的双眼,见程思华目光躲闪,心中更为笃定。

"告诉我,到底发生了什么?"顾清昀声音蓦地严肃,他不明白究竟是什么让程思华如此急切和拼命,在工作中展现出这种背水一战的决心。

顾清昀的声音中带着一丝久违的威严与压迫感,程思华在他的目光下,终于不得不嗫嚅着开口:"是我父亲,他身体不好。"

顾清昀的脸色变得更加凝重。

"他……他被诊断出肺癌,我需要钱。"程思华的声音越来越低,最终,她低下了头。

看着病床上几乎要缩成一团的程思华,一股说不出的疼痛从顾清昀的胸腔深处蔓延开来。

"这段时间,你都是一个人吗?"顾清昀的声音带着一丝颤抖。

程思华轻轻地点了点头,"嗯"了一声。她侧着头沉思了片刻,然后补充道:"我爸爸出事没多久,我和那个人就分开了,那段时间,我正好也创业失败,你懂的嘛。"

顾清昀的脸色变得阴沉:"真是个混蛋!"

"其实这些经历也让我对人性有了更深的认识,我能理解他的选择。"程思华自嘲地笑了笑,笑意中透露出几分讽刺。

顾清昀英气的脸庞上眉头紧锁,胸膛的轻微起伏透露出他正努力克制着自己的情绪。逐渐地,他的眼神重新恢复了冷静,他问道:"你父亲的状况现在如何?还需要多少钱?"语气轻柔了不少。

"我爸爸下周将要接受解剖性肺段切除手术,如果手术能够完全切除肿瘤,就能减少癌症转移和复发的风险,他的身体也有望逐渐恢复。现在我重新回到公司工作,有了稳定的收入,加上医疗保险也能承担一部分费用,我暂时没有经济压力。我之所以如此努力地工作,很大程度上是因为经历了这些变故后,我深刻感受到了自己的脆弱,我意识到现在的自己根本无法承受生活中的任何变故,我想要变得更强大。"程思华神情坚定,也渗着淡淡的哀伤。

"你不需要这样!程思华,你不必为了生活如此拼命工作!"顾清昀走近一步,一只手紧握着病床的床头栏杆,指关节因用力而显得苍白。

程思华微微一怔,呆呆地看着眼前这个隐隐有些陌生的顾清昀,不知所措地说道:"顾总……"

顾清昀似乎意识到了自己的失态,他轻轻咳嗽了一声,询问道:"下周手术?在哪家医院进行?"

程思华如实回答后,沉默了一会儿,顾清昀拉过病床旁的椅子坐下,声音低沉地开始讲述:"在我高考第二天的早晨,我爸妈开车送我去考场的路上,遭遇了车祸。"

程思华的心剧烈地收缩了一下,她愣住了,目光紧紧锁定在顾清昀身上,心中的痛楚让她一时之间无法言语。

"我坐在后排,逃过一劫。但他们……他们……"顾清昀的眼眶微微泛红,话语中带着挣扎,那个词仿佛卡在喉咙里,难以说出口。他深吸一口气,继续轻描淡写地说道:"我也受了伤,肋骨断了几根,被紧急送往医院,没能完成高考。之后,我也无心复读,随便选了所学校就读。从那以后,我就觉得,失去了什么都无所谓了,开始实习、工作,经历了无数至暗的时刻。"

"都过去了,顾总,都过去了。"程思华轻声安慰,一遍又一遍。

"是的,都已成为过去。"顾清昀低声重复着,而后继续说道,"那些没有将我杀死的事情,最终铸就了今天的我——虽然伤痕累累,却坚不可摧。生活或许夺走了诸多我所珍视的,但这一路以来,也在赐予。思华,你能明白吗?"他的目光停驻在了程思华的脸上,欲言,又止。

第十八章　暗战

程思华怔怔地看着顾清昀，这个在她眼里一直无所不能的人，心口隐隐作痛。但同时，一种奇异的温暖也在她心中蔓延。望见顾清昀眼里的忧伤与苍凉，程思华明白，她所感受到的这份温暖是建立在某种代价之上的——是顾清昀撕开了自己的疤，用温热的、血淋淋的伤口，暖她冰冷的心。

这是一种如此真诚的安慰，真诚到几乎有些笨拙。她不明白他为什么要告诉她这些，是因为怜悯？是因为她被他兢兢业业使唤了四五年的某种情分？还是因为别的什么……程思华不敢去深想，也不认为自己有资格去想。

为了消解空气中悄然弥漫的沉重情绪，她转移了话题，问道："北京那边，您一切都还顺利吗？"

就在顾清昀离开蓝海几个月后，某次，出于好奇，程思华在网络上搜索了他的名字，发现顾清昀加入了北京一家名为"自然之选"的快消品公司，且持有这家公司23%的股权。从这个惊人的持股比例来看，他显然并不只是首席营销官那么简单。

"还算顺利。"对于新工作,顾清昀恢复了一贯的低调缄默,似乎不愿多谈。

程思华心中却是更为好奇,她忍不住试探性地问道:"我听说您加入了自然之选,这个品牌主打天然、有机的食品、饮品和个人护理产品。目前规模尚未壮大,这种高价位的产品在客户群体中确实存在一定的局限性。公司的运营成本也应该相当高吧?"程思华思量着,目前这种市场环境下,顾清昀和他所服务的这家定位本就颇为与众不同的初创品牌,处境必定也十分艰难。

"你听说的倒是不少。"顾清昀带着一抹调侃的语气说道,"你说得不错,这些因成本高昂而价格略高于同类竞品的产品,市场确实有限。但我考察了公司整个采购、生产流程,至少在食品安全方面,这个品牌值得信赖。如今,市场环境复杂,欺诈手段层出不穷,食品安全问题日益严峻。我深思熟虑过,即使这意味着要承担更大的代价、更高的成本,甚至牺牲一部分利润,真诚和真实仍是我期待中企业所应追求的核心价值。说来也巧,'自然之选'的创始人与我想法极为契合。"

躺在病床上,尽管身体依旧虚弱,听到这番话后的程思华内心却不由得有些心潮澎湃了起来。她努力坐直身子,有些激动地说道:"顾总,您选择的是一条虽然艰难但是正确的道路。商业化的时代里,人人都在想方设法降低成本、提高利润,但我深信不疑,您所坚持的企业良心、诚信、食品安全、真实……才是未来真正的胜出之道。"

"胜出?这不是我最关心的。"看到程思华面对他时一贯无比真诚的捧场的模样,顾清昀眼中闪过一丝柔和,随即轻轻笑了笑,说道,"公司的发展确实还算顺利,B轮融资刚结束,业务也在迅速扩张。"

"哇,顾总,B轮融资都完成了!如果未来能上市的话,您岂不是要发了?"程思华惊叫道,随即又有点脸红,觉得自己听起来俗不可耐,何况顾清昀早已实现财务自由。

没想到顾清昀却点了点头,眼睛微微弯起,并未谦虚:"嗯,那倒是。"

程思华的眼睛睁得更大,正欲继续发问,却被顾清昀温和地打断:"你还真是操心不少。医生提醒,你是因为睡眠不足、过度劳累和低血糖才晕倒的,你需要好好休息。今晚你是打算回家休息,还是想在这里过夜?"

"我可不想在医院多花钱。"程思华挣扎着想爬起来,却发现自己的身体软绵绵的,有些力不从心。

顾清昀无奈地摇了摇头,轻声说道:"你先别动。"

他走出病房,迅速结清了费用,然后提着一袋刚开好的药,回到程思华的病床旁。他轻轻地将她横抱起来。

突然间感到自己身体悬空,程思华不由得一惊,本能地用手臂环住了顾清昀的脖子。她的头不敢靠住他的胸膛,只好费力地挺着,惊慌地看着他:"顾总,这是……"

"上车,我送你回家。"顾清昀声音低沉,他解释说,"你现在的状态,自己回家不安全。"

这还是那个当初在她的手被扎得鲜血淋漓之时,一眼都没多看她,只是淡淡地让她自己打车去医院的顾清昀吗?程思华诧异极了,但她还是习惯性地接受了顾清昀的安排,没有再多说什么。

感受到顾清昀的体温和力量，程思华的心中涌起一股久违的安全感。多年来，只要在顾清昀身边，她总能感到这份安全。她放松了身体，任由顾清昀抱着她穿过医院的走廊，引来路人的侧目。

注视着顾清昀的面庞，程思华不知怎的，突然近乎失控地傻气地开口："顾总，你的耳朵好红啊。"话音刚落，顾清昀耳后的红晕迅速蔓延到了脸颊。

"那是因为你太重了。"顾清昀目不斜视，目光坚定地直视前方，神态自若。

"哪有！我这一年明明瘦了很多，连九十斤都不到了！"程思华反驳道，脸颊也不自觉地染上了红晕。

"别说话。"顾清昀低声说道。

程思华一愣，随即沉默下来，将脑袋微微压低了些。她感到自己一直努力挺直的脖子开始酸痛，便逐渐放松了力气，时不时偷偷瞥向顾清昀。最终，她的头完全靠在了他的胸膛上。见顾清昀似乎并未察觉，程思华那颗几乎要跳出的心才稍稍收回了一些。

那晚，程思华睡得很沉，沉到顾清昀究竟什么时候走的，她毫无印象。只记得顾清昀将她放在了床上，而后坐在她的书桌边，翻看着手机，默默地陪着她。

在这样的宁静中，本就疲惫至极的程思华不知不觉睡着了，忙碌了这么久，她也的确需要睡一个好觉了。

早晨醒来时，顾清昀早已经离开。餐桌上放着适当剂量的药，保温饭盒里竟然还有一碗粥，程思华心里暖洋洋的同时，觉得不可思议。

但程思华实在没有多余的精力去在此刻深究她和顾清昀之间已经悄然改变的界限。上午,她要和广告组的同事们一起,见证他们这段时间精心准备的广告的发布,下午,则是风雨欲来的公司半年度总结大会。

她面前摆着满满一天的硬仗要打。

在匆忙赶往公司的路上,程思华拨通了周芸的电话。

"妈,爸下周就要手术了,术前的准备工作都顺利吗?他身体还好吗?"想起父亲即将手术,而自己却不能陪在他身边,程思华难免揪心自责。

"一切都顺利,你刚回公司,先专心忙你的工作,这边有我照看着。"周芸的声音从电话那头传来。

"等我公司这边的事情忙完,晚上下班我就去医院看你们。下周我也尽量请假在医院陪你们。有什么状况一定要随时给我打电话,我的手机一直开着。"程思华一边加快脚步,一边说道。

"没事,你晚上忙完回去好好休息,工作已经够辛苦了,医院这边你又费钱了。"

程思华微怔:"费什么钱?"

程思华来不及多想,便见手机显示黄静的电话打了进来,她迅速结束了和母亲的通话,接通了黄静的电话。

"思华,听说你昨天晕倒了,今天好点了吗?"

"好多了,什么事,你说。"程思华敏感地察觉到,这个点黄静打电话给她,一定是发生了什么事情。

"刚才接到通知,林总说不让我们发这个短片。"

程思华屏了屏呼吸，抬眸看她问道："理由？"

"她说我们的短片涉及虚假宣传，要求我们重新修改。"黄静回答。

顿时，程思华胸中涌上一股怒火，冷笑道："策划案提交的时候她怎么不提出来，现在短片都拍好了，要我们全部推翻重做，这重拍的代价和成本谁来承担？她是不是脑子有问题，就算找我麻烦也得分个时候吧！"

黄静一时语塞，她小心翼翼地问："那我们现在该怎么办？下午就是公司半年度总结大会，如果我们要重做视频，怎么向梁董解释？"

"需要和梁董交代的是她。"程思华声音沉稳，"我马上就到公司，你们继续准备广告上线的工作。"

抵达公司后，程思华直接前往广告组事先预定的会议室，她瞥了一眼时间，正好是八点半。

"九点准时发布，用官方账号，多平台同步推送。"她坐在会议桌旁，打开电脑，手指在键盘上飞快地跳动。

蔡琦犹豫了一下，还是开口了："程老师，林总早上跟黄静说让我们重新修改，如果我们就这样直接发布了，她可能会不高兴。"

"她有按照流程撤回或者正式发邮件抄送给领导吗？"程思华反问。

黄静皱了皱眉："那倒是没有，她是口头上说的。但林总强调她前几天出差，没有仔细看过这个短片。"

"没有仔细看过短片？"程思华冷笑一声，语气中带着明显的讽刺，"不用理会她。"

团队成员都低下头，默默地继续着广告上线前的准备工作。这次回到公司，程思华虽然表面上依旧保持着温和，但所有人都能感受到，她比以往更加坚定，甚至有些强势，不再像以前那样容易妥协。

九点整，在这间会议室内，程思华与广告组的同事们一同见证了他们精心制作的、首个专为网络传播设计的短片正式发布。

广告上线六七分钟后，林芮斯的电话便急促地拨给了程思华。

程思华走进林芮斯的办公室，只见林芮斯面色阴沉，目光锐利如刀，冷冷地盯着她。

"程思华，我不是说过要推迟发布吗？视频里有些内容需要调整。"林芮斯的声音带着明显的不悦。

"哪些内容？"程思华冷静地询问。

"我还在和徐蓉蓉讨论，你现在就发布是什么意思？"林芮斯责问道。

程思华的声音平稳，面无表情："林总，我们的广告策划案和短片都经过了公司正规审批流程，您也都一一审批通过了。"

林芮斯似乎没料到程思华会这样直接反驳，她的脸色变得更加难看："我前段时间都在外出差，没有时间仔细审查你们的视频。"

"那您为什么要审批同意呢？"程思华不紧不慢地反问。

林芮斯的声音提高了几分："要问问你自己，还不是你一直在催我。再说，即便我在流程上审批过，但我在发布前也通知了你，你完全有机会停下来，纠正短片里的问题。"

程思华觉得林芮斯不仅在工作中缺乏专业性，其工作态度也令人质疑，甚至显得有些愚蠢。她心中再次生出疑惑，何志宏当初怎么会聘请这样一个人担任部门总监。

"林总，我理解您的立场，也明白您出差时可能因为忙碌没有机会仔细审查。但不论广告是否真的存在问题，您在审批系统中的同意，代表您对内容的批准和认可。"程思华以冷静的语气回应。

"程思华，你在教我怎么做事吗？我是你的上级，我有权要求你修改广告内容。"林芮斯突然站起身，面对程思华那不为所动的表情，她内心的怒意越发强烈。

程思华保持沉默，她明白林芮斯此刻只是在发泄情绪，试图彰显自己的权威。然而，林芮斯越是激动，程思华越是难以对她产生任何敬重之心，反倒觉得她看起来有些狼狈。

"这次就算了。但我警告你，如果这个广告像之前那样带来任何负面影响，我会代表公司追究你的责任。"林芮斯的声音中带着威胁。

程思华点了点头："当然，我也会密切关注后续市场的反馈。"

林芮斯挥了挥手，示意程思华可以离开了。

程思华在返回团队会议室的路上，感到一种荒诞的幽默。整个对话中，林芮斯竟然从头到尾都没有明确指出广告中具体存在哪些问题需要重拍。

她又回想起另一个她曾深入接触过的营销总监——蒋怡，能力平庸，品行不端。这些人究竟是如何爬到营销总监的位子的？她们所倚仗的，无非是耀眼的学历、光鲜的履历、某些背后的关系或资源，以及表面的巧言令色，那些装模作样的说辞和虚张声势。与此形成鲜明对比的是顾清昀，一个从基层一步步打拼上来的专科生，他也曾遭受那些看似光鲜亮丽的人的轻视，但真正有多少拥有名牌大学背景的人能够超越他？

这个世界多半是一个庞大的草台班子，真正能够把工作做好的人屈指可数。太多人只是被华丽包装的草包，得过且过地运行着——应付着别人，也应付着自己。为了可怜的自尊，时而卑躬屈膝，时而暴跳如雷。

这一切的背后，不正是因为他们缺乏稳定坚实的内核吗？

事实上，当一个人拥有真正的能力，建立起强大的自我，便再也不会在乎他人的态度和目光了，他们反而会表现出一种更深的敬畏、谦卑，甚而怜悯。

程思华认为，那才是一个人真正应该追求的自尊——建立在个人认知和实力之上的尊严感。

想到这里，她的步伐突然轻快了起来，内心深处，第一次冉冉升起一种因为自己的强大而滋生出的底气。

到了中午十二点左右，会议室里，程思华的目光紧紧锁定在电脑屏幕上。

"我们的广告视频已经开始引起关注了。"韩音激动地站了起来，"这证明我们的创意是成功的，我们的故事触动了观众。"

他们的广告视频已经在网上开始慢慢发酵，尤其是在微信短视频平台上，已经获得了数万的浏览量和七百多个点赞。仅仅三个小时，没有任何额外推广的情况下，这样的成绩远远超出了团队的预期。

"我们要抓住这个机会吗？乘胜追击。"程思华的脸上露出了难得的笑容，她最近都在埋头研究相关短视频流量情况，知道这个数字背后的意义——不少观众已经对他们的广告视频产生了共鸣。

看着不断上升的数字，每个人的眼中都闪烁着光。

蔡琦点头表示赞同，兴奋地说："对，我们应该利用这个势头，制订一个更加详尽的社交媒体推广计划，加大推广力度，让更多的人看到我们的视频。"

程思华微笑着同意了，一番讨论后，广告组成员开始了分工合作。有了胜利的苗头，每个人都更加充满干劲。程思华注视着团队成员们忙碌的身影，心中涌起了久违的信心，还有难以名状的快乐，是一种努力的过程中不足为外人道的快乐。

下午半年度总结大会，程思华早早到了会议室，她被安排坐在了徐蓉蓉的右手边。这场会议，原本只有公司一级和二级部门的高层领导才有资格参与，但正如程思华所预料，林芮斯特别指示她一同出席。

随着会议时间的临近，会议室渐渐座无虚席。程思华目光从手机上挪起，从周围陆续就座的人群中，意外地发现了宁远的身影，宁远同样带着一丝惊讶地望向她。程思华的眼神并未在宁远的脸上过多停留，淡淡掠过后迅速扫过会议桌边，她注意到了几位关键高管和部分股东的身影，还有自从她重返公司后未曾见过的梁永。

一级部门的负责人开始依次汇报各自部门上半年的工作成果。当林芮斯完成汇报后，她的目光转向程思华，带着微笑向在场的所有人介绍："这位是程思华，我们部门内部广告组的负责人。在座的许多人可能都听说过，程老师曾经离开过蓝海集团，那时她担任的是市场部的负责人，从某种意义上讲，她是我的前辈。如今，尽管她担任的是广告组的负责人，但她的领导才能不容小觑。在我前几周出差期间，程老师带领广告组团队实施了一系列创新举措。现在，让我们请程老师亲自向各位领导汇报近期的工作进展。"

林芮斯的话听起来像是对程思华的称赞，但细究之下，却让在场的许多人捕捉到了其中的讽刺。所有人的目光不约而同地集中在程思华身上，眼神中满是探究。他们心中暗自揣测，是否程思华在市场部内部巧妙地掌握了实权，才使得广告组得以"独立"出来。

程思华的脸色微微一变，她自然也听出了林芮斯话语背后的深意。她心中紧张至极，明白这一刻至关重要。在所有人面前，这是展示自己能力的绝佳机会，也是让林芮斯的无能无处遁形的最佳时机。然而，一旦失误，她自己也可能跌入深渊，前途尽毁。

缓缓站起身，程思华面对着蓝海集团所有中层、高层审视的目光，双腿微微颤抖。

然而，当她想起在医院的父亲，想起朋友和曾经的战友们充满痛惜的眼神，想起母亲电话里的那些话，以及顾清昀对她逐渐失控的照拂，程思华突然觉得，她可以承受失败，也不再害怕失败。

一种不言而喻的底气和勇气在她心中蔓延开来。她站起身，迎向在座领导们的目光，声音平和而沉着："各位领导好，我是程思华，目前负责市场部品牌部下的广告组工作。接下来，我将向各位汇报我们团队近期的工作成果以及未来半年的工作规划。广告组始终致力于通过创新思维和精准的市场定位，提升我们品牌的知名度和市场份额。我们的目标是利用引人入胜的故事和视觉内容，与消费者建立情感上的联系，同时推动产品销售。在迟总的协助下，我们团队的每一位成员在市场分析和用户研究上都投入了大量的精力，利用公司提供的资源，努力制作出更具吸引力、更能触动消费者心灵的内容。"程思华向迟瑾萱投去一个感激的微笑，迟瑾萱也以微笑回应，两人之间的默契在场的所有人都看在眼里。对于那些对两人过往关系有所了解的人来说，比如梁永和宁远，他们对这一幕感到格外诧异。没想到这两位曾经有过纠葛的人不仅没有成为水火不容的对手，反而看起来关系融洽，甚至迟瑾萱还伸出了援手帮助程思华。

程思华继续汇报道："在过去的一段时间里，尽管预算有限，我们团队依然取得了不错的成绩。特别是，就在今天上午九点我们推出的广告性质的短视频，在没有任何额外推广的情况下，该视频短短几小时内就实现了上万的浏览量和七百多个点赞，这是一个非常积极的市场反馈。接下来，我们计划继续利用社交媒体平台，通过与一些网红合作等方式，进一步增加广告的曝光率。从成本角度来看，与上个半年度相比，我们为公司节省了超过50%的费用。在这里，我要特别感谢各位领导，尤其是林总和徐总，对我们广告组工作的大力支持。"

林芮斯原本期待着程思华会抱怨自己削减了她45%的预算，她甚至已经准备好了辩驳的说辞。然而，程思华的发言既巧妙又得体，最后还表达了对她的感激之情，这让林芮斯脸上的笑容变得越发僵硬。

看到林芮斯脸色不佳，程思华心中暗自冷笑。如果她抱怨林芮斯削减预算，其他高管只会认为林芮斯的决定是正确的。大家关注的只是结果，没人关心过程。即便砍掉了这么多预算，数据表现却依然优于以往，这不正好证明了林芮斯的英明决策吗？

"不用感谢我，"林芮斯调整好自己的情绪，带着一丝玩味的语气说道。"你之前担任过部门负责人，大家都对你的能力有目共睹。小小一个广告组，交给你我当然放心。"她接着补充道，"还有和代言人续约的事情，我不是也交给你负责了吗？这个进展如何，你也来汇报一下。"

程思华的脸色变得严肃："林总，您刚出差回来，关于代言人的事情我还没有机会向您汇报。我建议我们先私下沟通，然后再向各位领导汇报具体情况。"

林芮斯似乎已经猜到了结果，眼中闪过一丝得意："没关系，你可以直接在这里说。这毕竟不是小事，直接向各位领导汇报吧。"

程思华坚持道："林总，请允许我先私下与您沟通，之后我会通过邮件向在场的各位领导汇报。"

"思华，我只问你，续约成功了吗？"林芮斯追问。

"暂时还没有。"程思华回答。

"也就是说，我给你批了额外30%的预算，你还是没能说服姚意微？"林芮斯继续逼问。

"她提出了一些条件，我会在会后与您详细沟通。"程思华沉声回答。

"什么条件？"这时，在场的所有人都能感受到林芮斯的咄咄逼人。梁永皱起了眉头，何志宏轻轻咳嗽了一声。

程思华沉默不语，静静地站着，脸色显得有些难看。

"思华，谈不下来也不能逃避问题。你及时向我反馈问题，我也能提供帮助。我这边得到的信息是姚意微直接拒绝了与我们续约。这件事你处理得确实不妥，不过幸好我准备了备选的代言人。"林芮斯微笑着说道。

程思华低头轻轻笑了笑，心中明白林芮斯早已设好了陷阱。

第十九章　谈判

林芮斯自信满满地展示着她准备的候选人名单："我这里有三个备选方案。首先是一线男星池子瑞，他的报价比姚意微高出400万元，但他也拥有更庞大的流量，目前来说，我们的客户群体中占比更多的仍然是女性，这样的"小鲜肉"对她们来说无疑更具吸引力。其次是与姚意微风格相似的二线女星乔静，她的经纪人给出的报价是260万元，乔静知名度目前不及姚意微，但她即将有两部作品上线，有不小的发展潜力。最后是一位网红吴樱子，她的报价仅为120万元，但形象同样出色，如果选择吴樱子可以显著降低我们的成本。"介绍完毕后，林芮斯转向梁永，仔细观察他的反应。

梁永轻咳一声，缓缓开口："既然思华未能与姚意微达成协议，你们再去和姚意微沟通一下，最理想的代言人还是她。你们部门的汇报结束了吗？如果结束了，我们继续会议。"说完，他的目光带着几分深意地落在程思华的脸上。

林芮斯的脸色微微变化，她只能点头表示同意："我会再次尝试与姚意微沟通,如果她确实不愿意续约,而您对这几个候选人也不满意,我们会寻找其他更合适的代言人选。"

梁永微微颔首,转向销售部门,示意迟瑾萱开始发言。

"各位领导和同事,接下来由我向大家汇报销售部近期的工作进展。"迟瑾萱一边说着,一边打开了精心准备的演示文稿,屏幕上随即展现出一系列详尽的图表和数据。"这是过去两个季度的销售业绩。"她轻点遥控器,一张柱状图跃然屏上,清晰地展示了过去半年中每个月的销售走势,"销售额实现了同比 6% 的增长,虽然增速较前几年有所减缓,但整体仍保持了稳健的增长态势。"在细致阐述了销售增长的具体细节及销售流程的优化措施后,迟瑾萱总结道:"我们成功巩固了与一些关键客户的合作关系,拓展了企业间的合作领域,并在若干细分市场中取得了显著进展。"

迟瑾萱展示出的销售情况虽不至于引人赞叹,和顾清昀之前创下的辉煌更是有不小差距,但她在汇报中通过 PPT 展示的数据和工作内容,无疑向大家展示出她在维持销售稳定和提升客户满意度方面做出的努力。

程思华聆听着各部门的汇报和高层的总结,同时低头认真地做着笔记,她泰然自若,仿佛未受之前上级施压的影响,举手投足间流露出一种超越她年龄和职位的沉着冷静。会议一结束,程思华拿起笔记本正欲离开,梁永的声音打断了她的步伐:"思华,来我办公室一趟。"

心中涌起一丝喜悦,程思华在林芮斯和徐蓉蓉锐利的目光以及宁远意味深长的眼神中,跟在梁永身后,走到了董事长办公室内。

梁永在办公室落座后,示意程思华坐在对面的沙发上,他深邃的目光在程思华脸上细细打量。"姚意微提出的条件具体是什么？为何会议里不愿明说？"他问道。

"梁总，既然您问起，我就不隐瞒了。"程思华的声音平静而坦诚。

梁永微微点头，面带微笑地看着她。

"姚意微提出的续约条件是，林总不再担任市场部负责人，市场部的管理工作重新交由我负责。"程思华直言不讳。

"你说什么？"梁永的双眼微微睁大，一向沉稳的面容上闪过一丝惊讶，"你倒是敢说，这未免太荒唐了。"

"我可以提供姚意微的联系方式，您可以直接与她核实。"程思华边说边将姚意微的私人电话发送给了梁永。

梁永目光微敛，语带深意地说："据我所知，姚意微和顾清昀的关系非同一般。"

"我理解您可能会怀疑，姚意微提出这样的要求，背后是否有顾总的推动。但无论您怎么想，我必须坦诚告诉您，我从未就此事打扰过顾总，也从未向他提及，况且，顾总也不至于因我而向姚意微提出这样的要求。"程思华字字清晰地表达，她的目光直接而坦诚，与梁永的视线相遇，眼中没丝毫的闪烁或回避。

"你的意思是，姚意微对你早有耳闻，认为你能力出众，所以才会提出除非你来负责市场部，否则她就不续约？"梁永带着一丝戏谑的神情，饶有兴趣地看着她。

"我不想对您隐瞒，也认为没有必要隐瞒。坦白地说，这是我主动向姚意微争取的结果。"

梁永带着一丝惊讶地看着她，显然没料到她会如此直截了当。

"我从黄静那里得知，姚意微以前常和顾总在一家网球场旁的咖啡店商谈事务。因此，我多次前往那家网球场等候，终于有机会与她直接交流。我相信她当初愿意以较低的价格与我们合作，必然有其深思熟虑的原因。在她与我们合作之前，她与顾总并无私人交情，所以合作肯定不是基于私人关系，而是看中了我们蓝海集团的某些价值或潜力。"

"这点你说得倒是不错。"梁永点头，表示认同。

实际上，他从没认为姚意微与蓝海集团签约是看在顾清昀的面子上。他始终认为，是蓝海集团给了顾清昀机会和平台。因此，每当何志宏或其他人明里暗里向他表示，姚意微是因为与顾清昀的私人关系而对蓝海集团施以援手时，梁永虽然表面上不置可否，内心却不免有些愤懑。

如果没有蓝海集团，姚意微可能连顾清昀是谁都不知道！怎么就成看在顾清昀的面子上了！没想到，程思华——在他眼中一直是顾清昀的亲信——今天的话却正中他的下怀。

"可悲的是，通过与姚意微的交流，我得知她如今已不再认同蓝海集团仍具备往昔的价值。"程思华沉重地说道。

"是因为顾清昀离开了吗？"梁永陷入沉思，脸色阴沉地反问道。顾清昀离职后，在北京自然之选取得的连续成功，梁永也有所了解。但对于顾清昀当初提出的股份要求，梁永确实觉得难以接受。提及顾清昀，梁永心中不免涌起复杂的情绪。

程思华并未直接回应，而是转而提及了林芮斯："按理我不应评价上级的决定。但自从林总上任以来，确实有一些决策令人难以理解，并且我们的业务增长指标一直在下降。如果这种趋势持续下去，公司可能会面临负增长的风险。"

梁永眉头紧锁，面色严肃地注视着程思华："增速持续下降？你的依据是什么？根据林芮斯刚才的汇报，以及我从何总那里得到的信息，情况似乎并不像你描述的那样。"

"林总汇报的是半年来的市场份额增长率，但如果我们按月来分析，从三个月前开始，我们的市场份额和新增客户数的增长率就呈现出加速下滑的趋势。市场反馈往往具有滞后性，我认为前三个月的快速增长与林总关系不大。"程思华在手机上打开一张图表，递到梁永面前，"您事务繁忙，可能没有时间关注这些细节数据，但这些资料随时可供您查阅。有趣的是，在林总所报告的数据中，企业客户部分也被纳入了市场部的业绩之中，而这实际上是迟总个人的努力成果。顾总离职后，公司新获得的8个高订单量的企业客户，全都是迟总一人之力引进的。我猜想这背后或许有宁总的协助，但无论如何，这不应该与林总的工作成绩混为一谈。"

梁永仔细看着图表上的数据，脸上越发阴沉。

程思华继续说道："我不知道您是否了解，在蓝海广告预算本就比同行业低20%的情况下，林总又削减了广告组45%的预算。为了避免影响客流数据，我们不得不停止线下广告的布局，转而寻求线上途径。虽然我们的流量和获客量增长速度更快，但长期撤下线下广告无疑会对我们的品牌形象产生负面影响。"

"她削减了广告组一半的预算，原因是什么？"梁永问道，显然对这一决策并不知情。

"据我所知，这是品牌部内部的调整。在广告组预算被削减的同时，品牌战略组和品牌活动组的预算各自增加了约15%。目前这两个组都是徐总在负责。林总和徐总的关系密切，林总是何总的人，这些情况大家也都心知肚明。但如果公司内部真的存在这种官官相护，根据私人关系分配资源和利益，最终损害的还是公司的利益。您是蓝海的创始人、董事长，也是最大股东，公司利益受损，受影响最大的人就是您。"

程思华掷地有声地说完这番话后，目光紧盯着梁永，见梁永脸色阴郁，不知在想什么，程思华表面上看似平静，内心却紧张得犹如波涛汹涌。

她在赌，梁永连5%的股份都不愿意给为公司创造巨大价值的顾清昀，她赌他会珍惜姚意微愿意续约为公司省下的几百万，赌他会对何志宏容忍林芮斯在部门内部的种种行为产生芥蒂，赌梁永真心希望蓝海发展更好并且具备起码的判断力，也赌梁永对她的能力和人品有一定的信任。

梁永沉默着，目光紧盯着手机屏幕，手指在屏幕上来回划动，程思华注意到，他似乎是在微信上和谁聊天。只是梁永也没吩咐她离开，程思华只好杵在原地，等着他聊完。

时间一分一秒地过去，七八分钟后，正当程思华开始感到不安，怀疑自己是否说错了什么被故意晾在这里"罚站"时，梁永终于抬起目光，眼神犀利地直视程思华："姚意微的意思是，你来担任市场部总监，林芮斯做你的副手。"

原来梁永是在和姚意微确认，程思华一愣，没想到梁永竟然本来就有姚意微的联系方式。

"坦白讲，林芮斯这半年的表现的确未达到我的预期，如果不是何总的极力推荐，她的资历原本进不了公司。"梁永停顿一下，继续说道，"只不过，思华，除了自大学毕业即加入蓝海以外，你的背景似乎没比她强多少，学历和资历都不如她。再有，她是何总的人，你不也是顾总的人吗？顾总为什么离开你我心里都清楚，你凭什么让我相信你？即便罢黜林芮斯，我完全可以再招聘新的总监，给我一个理由，为什么必须是你？"说罢，梁永审视的目光落在程思华的脸上。

程思华并未感到丝毫难堪或畏缩，她轻笑着说道："我认为，任何言辞都难以完全说服您。换言之，我需要向您展示的不是空洞的理由，而是实实在在的市场份额增长、客户数量增加和利润提升。"

听到这番话，梁永的目光锐利起来，他紧盯着程思华的双眼："怎么说？"

"梁总，我愿意与公司签订一份业绩对赌协议：如果在未来一年内，我们未能实现全国市场份额5%以上的增长，常温酸奶市场占有率未能达到19%，我将退还公司未来一年支付给我的80%薪资，并主动辞职，不要求任何赔偿。"这番话，程思华早已深思熟虑过良久。

梁永呼吸微微急促，他瞪大双眼看着眼前面如止水的程思华："你知道自己在说什么吗？我们在常温酸奶市场的占有率已经接近饱和，近一年来几乎没有增长。即便是顾清昀本人回归，也未必能够创造这样的成绩。公司已不再是初创阶段，你又有何把握能够实现这样的目标？"

程思华的唇边泛起一抹微笑，其中夹杂着几分冷涩。她比任何人都更加清楚，如果不是因为市场份额增长乏力，甚至出现饱和的迹象，梁永断不会让顾清昀离去。但她已下定决心留下，决心背水一战，决心成全自己心中那股始终存在的未能如愿以偿的某种渴望……种种因素驱使着她，她必须倾尽全力，而在几番评估之后，她也坚信这是一个可达成的目标。

"在我创业的那段时间帮助过几家公司，这是具体的数据增长情况。"说着，程思华把准备好的资料发给了梁永，在梁永诧异的眼神下，程思华继续说道，"如果不是因为那次月饼双日期事件的意外，那个项目本也可以顺利进行。梁总，我在公司已经五年了，亲眼见证着公司一步步成长为今天的规模。请相信我，我当然尊敬一路带我成长的顾总，也当然尊敬屡屡批准我破格晋升的您，但归根结底，我是蓝海的一员，我和您此刻站在同一战线上，我对公司的发展抱有比林芮斯更强烈的期望。而且，提拔我，对您来说是一项稳赚不赔的投资，单是与姚意微续约所节省的资金，就足以聘请好几个市场部总监。"

梁永注视着从容说完这番话的程思华，眼中掠过一丝难以捉摸的情感波动，既有难以言说的触动，也有深思熟虑的权衡。最终，他轻轻一笑，语气显而易见有了松动："你也是有备而来的。那么，不妨再详细说说，既然你认为林芮斯的表现不尽如人意，作为集团市场营销总监，你的优势在哪里？"

"林总确实比我多积累了五年的工作经验，但这些经验是在其他公司积累的，而我的全部经验都来自蓝海。但最关键的并非仅仅是经验，真正的核心在于思维方式。林总的行动模式是从内向外的，基于公司现状和现有产品，努力向客户推销，因此自林总上任以来，我们的线下营销活动几乎增加了一倍。这是一种销售导向的思维，但缺乏战略层面的考量。而我在带领市场部时，我们的方法是自外而内的，先深入了解市场、定义市场，进行大量的市场研究，这些在林总看来可能是浪费时间的工作。在数据的支持下，我们会发现客户的需要和公司真正的利润点，然后据此调整广告、营销活动乃至产品。在我看来，只有不断适应客户需求的变化，持续满足他们的需求，才能实现真正的盈利。"程思华缓缓说道，语气中透露出坚定的自信。

梁永点头，目光深邃地注视着她，到位地总结道："你的意思是，你与林芮斯的不同在于，林芮斯代表的是销售思维，而你拥有的才是真正的营销思维。"

"确实如此，公司始终应以产品和客户需求为核心。林总投入了大量资金和时间在营销活动和社群建设上，但对于老客户的维护和对客户负面反馈的重视却远远不够。根据蓝海的历史数据，吸引一个新客户的成本是保持一个老顾客满意的成本的4.5倍，而且客户会把负面反馈平均告诉十个人，而正面反馈则仅告诉三个人。林总这种凭直觉行事的方法缺乏科学依据，经济增长正在放缓，市场趋于饱和，人口在减少，如何在低增长甚至负增长的市场中以最低成本获取份额，这才是我们面临的真正挑战。市场不断变化，我们已经进入老龄化社会，顾总唯一拓展的市场就是中老年人市场，然而这一策略却被林总直接破坏了，这也是姚意微拒绝续约的根本原因。梁总，在这样的领导下，公司真的能越来越好吗？林总只关注眼前的利润，而真正的营销专家需要在公司盈利和创造更大顾客价值之间找到平衡。"

程思华的话语直指自己的直接上级,但她的言辞正直而坚定,没有流露出任何卑鄙之态。梁永看着程思华的眼神早已经从最初的轻佻,到了如今的凝重。不得不说,对眼前这个二十多岁的年轻姑娘,他几乎肃然起敬了,再次不由得佩服顾清昀看人的眼光。程思华有能力、有魄力、有定力,实在当得起年轻有为、前途无量的评价。

心中虽然敬佩,梁永表面仍旧十分沉稳,他知道下面是和程思华谈条件的时刻。挨了好一会儿,梁永才慢悠悠开口问道:"既然我们谈到业绩对赌,如果达到了这个业绩,你想要的是什么?"

程思华毕竟稚嫩,即便早有心理准备,却仍难掩喜悦之情,她稳了稳心神,轻声问道:"梁总,我希望如果我达成了目标,奖金的金额至少要能补足我和您之前开给顾总的年收入的差价,因为,我也创造同样的价值。"

"我以为你会提出其他要求。"梁永惊讶地看着她,铺垫了这么多,他没料到程思华仅仅要求每年一百来万元的固定薪资。要知道,如果程思华实现了她所承诺的目标,为公司带来的净利润至少是几千万元。

对于这场对赌,梁永心中明白,他无论如何都不会亏损。利用姚意微的要求作为契机,正好可以解决他本就不满的林芮斯,顺便打压自从顾清昀离开后在他看来也有些忘形的何志宏。且二人相较之下,无论哪方面来看,程思华的确都是更佳的选择。想到此处,梁永心头更是情绪极佳。

"我要的自然是您能够给并且愿意给的。"程思华轻轻垂下眼帘,语气中透露出一种识大体的聪慧。她心知梁永以为她会索要股份,她也清楚,这样的要求不仅显得过于自负、难以实现,还可能引起梁永的不悦。况且,在目前的境况下,她迫切需要的并不是股份,而是实实在在的工资和奖金。

梁永当然无法理解程思华急需资金的困境,一番谈话下来,只觉得程思华能力强不说,还比顾清昀更懂得审时度势、更易于掌控,这样的下属自然让他感到更加安心。他微微一笑,语气温和地说:"思华,我对你有信心。关于林芮斯的问题,我会向何总传达姚意微的要求,并督促林芮斯尽快与你完成工作上的交接。"

程思华离开梁永的办公室时,她的后背已经被一层细微的冷汗所渗润,她本以为自己会欣喜,可是真的到了此时此刻,心中却被一种无形的沉重和层层叠加如山脉般的压力所填满。

职场的每一天似乎都在重复这样的循环,每场浸满了她辛酸血泪的看起来的胜利背后,往往不过是另一场战斗的序幕。哪里才是这场永无止境追逐的终点呢,这个过程里,她究竟又失去了什么,得到了什么?程思华带着满身的疲惫,坐着电梯缓缓下行,到了市场部办公的楼层。

穿过电梯间,路过前台,走过市场部旁那条长长的走廊,仿佛穿越了这世纪般漫长一天,穿越了她职场生涯中整整五年的光阴,穿越了那个曾经扎着马尾辫、在角落打印机旁为顾清昀打印各种零碎资料的实习少女,最终回到了自己那个多年来始终如一、未曾挪动过的小小工位上。

见到旁边的同事们纷纷惊诧地盯着自己,程思华如梦初醒般摸了摸自己的脸颊。她这才发现,不知不觉间,眼泪从温热的脸庞悄无声息地滑过,留下的只有道道无比冰凉而冷冽的痕迹。

第二十章　手术

　　程思华乘坐地铁从公司匆匆赶到医院，直奔父亲之前所在的床位，却发现床位已经空无一人。看着被整理得平平整整的床铺，程思华心中顿时涌起了一股巨大的慌乱。她急忙走到旁边正在为病人换药的护士身旁，紧抓住护士的手臂问道："这床的病人和家属去哪了？"话音未落，她的牙齿已在打战。

　　护士的目光在程思华身上停留了片刻，眼中掠过一丝难以察觉的羡慕："怎么？你不知道吗？你父亲今天早上已经转移到单人加护病房了，在六楼，8612号病房。"

　　单人加护病房？那是……费用高昂的VIP病房。程思华一时间愣住了，心中涌起一股迷茫。她机械地点了点头，脚步不由自主地向楼上走去。

　　到达病房门口，她轻轻敲了敲门。门缓缓打开，开门的人竟然是顾清昀。程思华惊讶的目光越过他，投向病房内部——那里整洁而明亮，配备了独立的洗手间。程烨躺在病床上，似乎是睡着了，周芸则坐在病床边的沙发上，看到程思华进来，她微微点头，又将目光转回到程烨身上。

顾清昀轻手轻脚地退出了病房，细心地将门关上。他转过身来，面对程思华，语气温和地说："你之前提到你父亲病了，就在这所医院。看你最近也很忙，我就过来看看，看有什么我能帮上忙的。"

"顾总，真是让您费心了。"程思华有些不好意思的同时，心中也在默默估算着这间病房的费用，"这个病房，一天的费用至少也要一两千元吧。"

顾清昀语气轻描淡写："升级病房的事，也没花多少钱。"

程思华对顾清昀的话半信半疑，但内心却充满了感激，她感到自己不再是孤军奋战。然而，面对父亲即将进行的手术，她没有时间去深究心中复杂的情绪，只能简单地表达："顾总，谢谢您。"

就在这时，周芸轻轻推开门，走了出来。"你爸爸醒了，要不要进去和他说说话？"她轻声问道。

程思华再次踏入病房，走到父亲床边，凝视着父亲因病痛而显得蜡黄和憔悴的面容，心中涌起难以抑制的悲伤。

尽管程烨身体虚弱，但看到顾清昀和程思华，他还是努力在嘴角挤出一丝微笑："别愁眉苦脸了，我是医生，我了解自己的身体状况，我没事的。"程烨轻声安慰道。

程思华坐在病床边，努力抑制着眼中的泪水："等手术结束后，你身体恢复了，一定要戒掉烟酒这些不健康的习惯，好好调养身体。"

"好好好，放心吧。"程烨微笑着，他的目光在程思华和顾清昀之间流转，"思华，这段时间你受苦了，也给你同事添麻烦了。"

程思华抬头看了顾清昀一眼，随后紧紧握住了父亲的手。

第二天正式手术,手术室门外的空气仿佛凝固了一般。程思华、顾清昀和周芸坐在长椅上,此起彼伏的呼吸声在静默的走廊中显得异常清晰。时间似乎被拉得很长,每一秒都沉重而缓慢地流逝。

对于程思华来说,这六个小时的等待仿佛漫长得如同一生。

当手术室上方的绿灯终于亮起,她的心跳急剧加速,她几乎是本能地一跃而起,冲向门口。

门缓缓开启,一位医生走了出来,摘下口罩,脸上布满细密的汗珠,却露出了微笑:"恭喜,手术非常成功。术后的注意事项,我们的护士和护工会详细向你们说明。只要后期好好调养,你父亲的身体会逐渐康复。病人现在还在麻醉中,尚未醒来,你们先不要都进去打扰,留一个人看护就行,让他好好休息。"

"好的,谢谢医生!思华,我先陪着你爸爸。太感谢医生了!谢谢!"周芸喜极而泣,激动得手足无措,只能连连道谢。

程思华机械地点了点头,几乎感到难以置信。随着心中的巨石终于落地,一种前所未有的喜悦在她心中激荡,仿佛失去的所有一切,都被她重新抓回了手里。然而,她又害怕这一切不过是场梦境,是暂时的恩赐,她怀疑着命运是否真的对她如此宽厚仁慈。

程思华忘记了向医生表达谢意,忘记了与母亲紧紧拥抱,忘记了周遭的一切,她感觉到自己的身体无力地倚靠在墙壁上,沉浸在一种超脱现实的恍惚感中。

医生们将程烨推入病房,周芸紧随其后,激动不已,程思华站在手术室门口的走廊上一动不动。直到这一刻,她那紧绷了数月的神经终于得以松懈,泪水如溃堤般夺眶而出。就在她泣不成声之际，一个宽阔温暖的怀抱覆住了她。熟悉的淡淡薄荷香气将她笼罩，程思华的脸颊贴在顾清昀坚实的胸膛上，她的心跳如擂鼓般剧烈，泪珠还挂在睫毛上，她抽泣着，不敢眨眼，不敢抬头，只是僵硬地停留在顾清昀的怀抱中，声音微弱而颤抖："顾……顾总。"

"别再叫我顾总了。"冷冽的声音从她的头顶传来。

顾清昀紧紧地拥抱着她，力量之大仿佛要将她融入自己的存在。程思华感到自己的肩膀和腰部被紧紧箍住，微微作痛。这一刻，她无比清晰地感受到了顾清昀的情感波动。

她父亲的手术，竟也让顾清昀如此紧张。

这个发现让程思华因手术成功而狂喜的心，突然掺杂了一种更加复杂的情绪，这种未知的情绪让她整个人都迷茫不已："顾清昀，你是不是……"

"思华！"远处传来程嫣清脆的呼唤。

顾清昀这才松开怀抱，退后几步，脸上泛起一抹红晕，眼神从迷离逐渐恢复清明，神情中带着几分尴尬。

程嫣快步走近，看到程思华脸上的泪痕，焦急地问道："叔叔怎么样了？你怎么哭了？"

"我爸手术做得很成功，医生说只要好好休养就能康复。"程思华紧握着程嫣的手。

"真是太棒了！"程嫣兴奋地跳了起来，随即她的目光转向程思华身后的顾清昀，"这位是？"

"你好，我是顾清昀，思华以前的……同事。"顾清昀走上前来，简单和程嫣打了个招呼。

"顾清昀？就是那个顾清昀？"程妈惊讶地打量着顾清昀，"您好，我是思华的好朋友程妈，我可是久仰您的大名了，听思华念叨了您四五年的各种事迹和名言。"

程妈向来直率，她的"久仰大名"中带有明显的戏谑之意。顾清昀一听便明白，程思华过去提及他的话肯定不是什么好话。

他轻轻一笑，目光转向神情局促的程思华，眼中带着几分调侃。

程思华低下头，脸颊泛起红晕，心想，私下里吐槽领导难道不是大家都会做的事吗？顾清昀这样盯着她看是为什么，看得她心里直发毛。

"叔叔在哪儿，我去看看他现在怎么样了。"程妈四处张望着，急切地想要见到程烨。

"我爸麻醉还没醒，医生建议我们暂时不要打扰，等他醒来后再去探望。现在病房里有我妈和护工在照顾，一切都好。"程思华安抚道。

程妈轻轻点头："只要叔叔平安无事，我也就安心了。"

程妈到达医院不久，顾清昀便匆匆离开，他还有紧急的工作要处理。

周末两日过去，周一一早，见父亲还有些虚弱，公司里暂时也没有急事，程思华向何志宏请假，说明了父亲的身体状况，表示自己想在医院多陪护两天，可以远程办公。出乎意料的是，何志宏竟大手一挥，非常慷慨地给她批了五天的假期，让她在医院多待一阵。电话里何志宏的态度好到令程思华匪夷所思。

直到下午，程思华伏在程烨床头休息时，接到了蔡琦的电话，这才明白了何志宏态度转变的原因。蔡琦兴奋地向她汇报，她带领广告组推出的视频获得了大量点赞和转发，在微信短视频和哔哩哔哩上不仅播放量突破百万，还有许多用户在哔哩哔哩上专门制作了对他们营销短视频的深度分析。这一切背后，是巨大的流量和利润，是市场份额的急剧上升，是连顾清昀也未曾创造的奇迹。

现在，不仅仅是何志宏和梁永，整个公司都在热烈讨论程思华带领团队创造的这个爆火短片。

近日来，程思华被医院的种种事务缠身，还未曾细看过后台数据。当她看到蔡琦传来的数据，那种爆炸性的热度，她知道这绝非单凭努力就能达成，许多人比她更辛勤、更专业，却未必能获得如此成就。

她不敢相信，短短几日，好运接二连三地眷顾她——一个曾被生活逼至绝境的人。

在巨大的悲喜交加中，程思华感到自己那饱受折磨、疲惫的心已经变得麻木，麻木到连喜悦都难以感知。

就在程思华向何志宏说明了程烨的健康状况，并得到五天假期批准的当天下午，她接到了宁远的电话。

"思华，我在医院一楼大厅。"

程思华微微一愣，目光在病房内的父母和今天刚到医院不久的顾清昀身上短暂停留，内心挣扎了一下，最终决定下楼去面对宁远。

她远远地就看到了宁远，他手里提着两个礼盒，站在医院大厅的中央，低头专注地盯着手机屏幕。程思华走近，低低地开口：

"宁总，您怎么来了？"

宁远闻声抬头，眼中闪过一丝复杂的情绪，既有惊喜也有忧虑，他的声音带着关切："思华，你父亲的事，你怎么从未向我提起？要不是何总无意中说起，我到现在还被蒙在鼓里……这段时间，你是怎么一个人撑过来的？叔叔现在怎么样了？"

一个接一个的问题，程思华一时间不知道该先回答哪个，又该怎样回答。她沉默了片刻，微微一笑道："让您操心了。我爸前几天做了手术，现在恢复得还不错。医生说只要好好休养，应该很快就能好起来。"

宁远的眉头紧锁："思华，别跟我这么见外，你现在孤身一人，我知道这不容易，我可以……"他的话音未落，手正要搭上程思华的肩，却被一个冷不丁的声音截断。

"宁总，好久不见。"顾清昀的声音带着一丝寒意，从他们身后传来。程思华转过头，眼中闪过一丝惊讶，看着顾清昀大步流星地走近。

宁远的脸色微微一变，他收回了悬在空中的手，目光在程思华和顾清昀之间游移，最终点了点头，语气平静："顾总，我们上一次碰面，确实是一年多前了。"

医院里人来人往，嘈杂声不断，几名护士匆匆从他们身边走过，带来了一股刺鼻的消毒水味道。这股味道让程思华不自觉地皱起了眉头，异常压抑的氛围也弥漫在三个人之间。

顾清昀的目光如冰冷的刀锋般扫过，程思华不由自主地打了个寒战，心中暗自疑惑是否说错了什么。毕竟，宁远手里提着两个看上去颇为沉重的袋子，在大厅里已经站了好一会儿。他既然是来医院探望她的父亲，邀请他上楼似乎也是情理之中的事。

"叔叔刚刚才睡下。"顾清昀冷声说道，言下之意是让宁远不要前去打扰。

程思华微微一愣，随即眼中闪过几丝笑意。

"既然这样，思华，我给叔叔带了些补品，我们先把东西送上去，然后我有些话想和你聊聊。"宁远无视顾清昀的目光，对程思华说道。

"顾总，要不麻烦您帮我们把东西拿上去？"程思华转向顾清昀，半认真半打趣地说道。

顾清昀的脸色更加阴沉，却还是接过了宁远手里的袋子，转身上楼。在楼梯拐角处，他又冷冷地瞥了两人一眼。

第二十一章　错位

见到程思华熟络地指挥着顾清昀，顾清昀竟也如此听话地照做了，宁远眼底闪过一丝诧异。

两人并肩走出医院大楼，宁远打破了沉默："思华，我听说你现在已经恢复单身了。"

程思华微微颔首，脸上浮现出一丝尴尬和凝重，仿佛已经预料到了宁远接下来的话。

"思华，既然你现在单身，那么……你觉得我怎么样？"兴许是习惯了高效，宁远问得相当直白。

"宁总，您是蓝海集团的股东，而我在蓝海工作，我们之间不应该有情感上的纠葛。"程思华缓缓说道。

"所以，就因为顾清昀不再是你的上司，你就可以和他发展感情，而我是公司的股东，我就没资格？"宁远的声音中带着一丝冷意，他向前逼近了几步，语气中充满了质疑。

程思华心中一紧，顿时想起了那个宁远强行拥抱她的夜晚，她不自觉地后退了几步，脸上露出了慌乱的神色。

宁远的脸色微微一沉,眼中闪过一丝挫败感。

"和顾总没有关系,我只是觉得,我们之间应该有清晰的界限。"程思华生怕得罪他,内心斟酌一番后吞吞吐吐地说道,"而且,我虽然敬佩、欣赏您,但我对您并没有非分之想。"

"你可以有!"宁远沉声说道,"程思华,我说过,我很喜欢你。"

程思华脸色变了又变,无奈道:"宁总……您别让我为难。"

"思华,我真的很喜欢你,我爱你。"宁远的声音颤抖,他的唇色因紧张而显得苍白,双手紧紧抓住程思华的肩膀,眼神中满是迫切。

程思华轻轻挣脱了他的手,她的眼神中闪过一丝讽刺,嘴角勾起一抹淡淡的笑意:"爱我?爱我努力工作的样子?爱难道是这么轻易说出口的吗……"

"你这是什么意思!"宁远眉头紧蹙,脸上充满不解。

"你不爱迟总,因为她放弃了工作,选择在家相夫教子。你爱我,因为我工作能力出色,或许今天我的表现又让你刮目相看了。但是,宁总,真正的爱情不该是这样的。真正的爱人,会在对方光芒四射时为她鼓掌,在对方迷茫迷失时相互提醒,在患难中也会相互扶持。迟总放弃了工作,您不该放弃她,您更应该引导她。而我,我也有失去工作的时候,有人生低谷的时候,我不想成为下一个迟瑾萱。虽然我也会努力工作,但我也希望能在我想休息时,有个肩膀可以依靠,有个可靠的人在我身后。"

"我怎么就不可靠了!是因为你最艰难的时候我不在你的身边吗?那时候,我不知道,我以为你有男朋友!"宁远的眼睛因情绪激动而泛红。

程思华轻轻地摇了摇头,她的声音平静而有力:"我们来自不同的世界,或许永远也不会是一个世界的人。我出身平凡,靠着自己的努力一步步走到今天,还有很长的路要走。宁总,我知道您是一个很好的人,但我们不合适。我更需要的是一个能够互相理解,能够并肩作战的人。"

"你以为我一路走来靠的是家境?你知道我家庭环境有多复杂吗,我的母亲……"宁远试图解释。

程思华迅速打断了他:"宁总,您别说了,我怕我听了您的隐私,工作要保不住。"她的声音中透露出一种淡漠,甚至有些恐慌,她对宁远的私事没有丝毫探究的欲望。

看着程思华那无辜的神情,宁远感到一阵气结,他冷冷地问:"你是不是爱上顾清昀了?"

程思华的心跳似乎漏了一拍,她勉强稳住心神,回答道:"宁总,无论有没有其他人,我和你都不合适。"

宁远轻蔑一笑:"你和顾清昀就合适吗?顾清昀他是一匹狼,他大学本科都没考上,读了个专科,从销售底层接触形形色色的客户爬上来,你知道销冠都是些什么样的人吗?你这样简单的女孩子,你以为你招架得住?"

听到这番话,程思华心里泛起一股怒意和不平之气,她挺直了腰板,冷冷说道:"高考两天,顾总只参加了一天,专科又怎样?哪怕他专科毕业,手底下还是带着各种名校毕业的本科生和研究生。您不了解顾总经历了什么,就没有评判的权利。"

"我对他的了解,比你想象得要深。"宁远的声音中带着一丝冷意，他的眼神锐利如刀，"他的父母在高考那天遭遇车祸，他本可以选择复读一年，却选择了自甘堕落，直接去读了一个大专。大学实习时，为了赢得一个热爱健身的客户的青睐，他不惜花费数千元办了健身房年卡，陪着客户健身了将近一年，其间对订单的事绝口不提。这样的人，心思深沉，目的明确，他不适合你。以他的野心，他不会选择你，他需要的是能为他带来价值的人。毕竟，他一直在不择手段地攀爬。"宁远的嘴角勾起一抹讥讽的笑意："你真的以为自己对他来说很有价值吗？"

听到这些话，程思华并没有动怒，她声音依旧冷静："我和顾总共事五年，我了解他的为人。"

宁远抿着唇，神情复杂，他再一次追问道："他对你来说，就那么重要吗？"

"比你以为的更加重要。"程思华脱口而出道，顾清昀在她生命里扮演的角色是任何其他人都无法替代的，无论未来她和顾清昀的关系会是什么样，这点都毋庸置疑，她继续说，"宁总，感谢您今天来看望我父亲，也希望您不要因为我的直率而感到不快。您会遇到更适合您的人，但那个人不会是我。"

宁远看着程思华坚定不移的神情，他的脸色变得苍白无力，终于，他没有再说什么，缓缓地离开了。

目送宁远渐行渐远的背影，程思华松了口气。她一边在脑海里想着宁远所说关于顾清昀的那些话，一边往楼上走去。

顾清昀静静地坐在楼道的椅子上。当程思华走近时，他抬起头，眼中隐约可见的红血丝透露出他近期的疲惫。两人的目光在空气中交汇，似乎都有许多话想要倾诉，但最终，谁也没有打破这份沉默。

一种微妙而难以言喻的氛围在程思华和顾清昀之间悄然弥漫。最近几天，顾清昀似乎遵循着某种不变的节律：每天清晨七点，他准时出现在医院。到了上午九点多，他会离开，直到下午三四点，他又会出现在医院的走廊。而当晚上九点多，程烨和周芸准备休息时，顾清昀便会像结束了一天的工作一样，准时离开医院。两人之间的交流虽然不多，但顾清昀总能在关键时刻出现，解决一些小问题。

无论是周芸，还是正在康复的程烨，甚至连护工阿姨，都感受到了他们之间的微妙气氛，趁顾清昀不在时，周芸私下里更是多次向程思华试探着两人之间的关系，程思华却无言以对，她自己也无法彻底洞悉顾清昀那不冷不热、让人难以捉摸的态度背后所隐藏的意味。

周五下午，程思华从病房出去，行至楼梯转角时，意外地听到了顾清昀低沉的讲话声，他似乎是在打电话。

"意微，你冷静一些。"

程思华原本打算离开的脚步不由自主地停了下来，听到姚意微的名字从顾清昀的嘴里说出，她的双腿顿时如同灌铅般沉重，无法挪动分毫。顾清昀怎会在这个隐蔽的角落，偷偷地与姚意微通话？程思华心中的酸意直往上冒。

"这次的事情，我很感激你，我欠你一个人情，该给的回报，我也会全部给你，但这不应该牵扯到我们的私人感情。"

"并非你一签约我就转变态度，意微，你也看到了程思华最近回公司后的成绩，与她合作，难道真的仅是因为你给了我一个人情？我们都心知肚明，你也是在被她说服之后，才来找我重新商讨条件的,你并不愚蠢。"

"我已经说过,无论你是真心被她的能力打动,还是出于对我的考虑,我都视这为欠你的一个人情。但我们之间有明确的界限,你是公众人物,拥有自己的社会地位,你配得上一个真心爱你的人。"

……

顾清昀低声说出的一句又一句话,透露出不止一个信息。其中,最令程思华所意外却又仿佛在情理之中的——姚意微,她果然对顾清昀有着特别的感情。

意识到这一点,程思华的心里突然有些不是滋味。

她的心怦怦直跳着,神思恍惚地走回了病房前,在门口发着呆,心神不宁。

远远地,看到顾清昀走来。

刹那间,一股巨大的勇气和冲动从程思华的心中升腾而起,她快步走到了顾清昀面前,抬头直视他的眼睛问道:"顾清昀,我上次在医院就想问你,你……你是不是喜欢我呀?"

在程思华颤抖却饱含期待的目光里,顾清昀感到自己的心脏仿佛被重重一击,夹杂着喜悦和疼痛,他不由自主地后退了两步,愣愣地望着程思华。

安静的空气里只剩下两人的呼吸声。

终于,顾清昀开口了,涨红的脸色渐渐平复,他侧过头,声音低沉而温和地说:"思华,你不要误会。我一直都把你当作一个小女孩。"

程思华脸上的笑意霎时凝固,她震惊地抬头,不可置信地望着顾清昀:"你说什么?"

顾清昀抿了抿嘴唇,再一次说道:"我或许帮了你一些忙。但我们一个在北京,一个在上海,这样的关系并不现实。我相信你能找到和你更为匹配的青年才俊。"

程思华的眼眶瞬间泛红,她感到前所未有的狼狈。泪水在眼眶里打转,她的声音带着一丝哽咽:"顾清昀,我本来不敢奢望,我不敢想的!我一直把你看作遥不可及的顾总,我生命中永远指引我方向的北极星,我从未想过自己能触碰到这颗星星。是你,是你一点点靠近我,给我希望,在我的生活中不断地攻城略地,直到我退无可退,而现在你却告诉我,只当我是小孩子?"

顾清昀的脸色变得灰暗,似乎在竭力压抑着内心的波动,过了好一会儿,他才涩声挤出一句话:"我比你大了整整十岁,在我心里,你的确是个孩子。"

"我早就已经不是个孩子了!我也不再是你的下属!"程思华的眼中充满了悲伤和失望。

在顾清昀的沉默中,程思华的目光却变得更加坚定:"我知道你喜欢我。你为什么不敢面对自己内心真实的想法,顾清昀,你告诉我!"

顾清昀的眼神中闪过一丝复杂,仿佛有千言万语涌上心头,却又在唇边徘徊不决。最终,他只是轻轻地叹了口气,声音中带着无奈:"思华,我说了,我们之间不仅横亘着十年的代沟,还有距离的隔阂,这些都不是简单的喜欢就能跨越的。我真心希望你能幸福,无论是事业还是生活。我期望你有一个灿烂的前程,一个美满的人生,但这并不代表我们必须非得要在一起。思华,你配得上更好的人生。"

程思华摇了摇头,目光被越来越深的失望充斥着:"'更好'?不,顾清昀,爱情不是这样衡量的。总会有无数'更好'的人出现,可他们不是你!他们没有带我度过五年艰难的时光,没有在我人生中留下漫长而深重的痕迹。"

她深吸一口气,抹去脸上的泪痕:"算了,我不强人所难。我得去照顾父亲了,你……请回吧,既然没有其他意思,也不必再为我日日守在医院。"

顾清昀默立原地,目送着程思华毅然转身的背影,在程思华的身影消失在视线里后,顾清昀的脸色变得黯淡,他无力地伸出手,轻轻倚靠在冰冷的墙壁上。

第二十二章　天涯

直到医生亲口确认程烨手术后状况良好，各项指标都在稳步恢复，程思华这才放下心中的重担，重返公司，并将全部精力重新集中在工作上。

重返公司后，程思华才得知林芮斯已经辞职，且正处于为期二十多天的工作交接期。

在那场谈判后，梁永对林芮斯的职位进行了调整，将其降为部门副总。这样的变动对林芮斯来说，无疑算得上是种羞辱。程思华猜测，林芮斯可能认为自己曾经轻视的下属如今却爬到了自己头上，加之何志宏在梁永面前的游说似乎并未起到预期的效果，在公司日后恐怕已无立足之地，这才提出了离职。

林芮斯初加入公司时，行政部门为她安排的办公室并非顾清昀的原办公室，而是紧挨着的另一间。如今，随着程思华身份的转变，她一回到公司，行政部的同事便立即上前，引导她前往顾清昀曾经的办公室。办公室的门牌上，名字已经更换，赫然印着程思华的名字。

"程总,这种粗活怎么让您亲自动手,让我们部门的几个小伙子来帮忙就好了!"行政部总监林阳——一个与程思华少有交集的中年女性——看到程思华正和行政部的员工一起搬运物品,便带着满脸笑容走上前说道。

程思华低头表示感谢,却并未停止手中的动作,直到隔壁的办公室门被推开,林芮斯从中缓缓走出。

"程思华,我想和你谈谈。"林芮斯说道。

她的脸上带着几分疲惫,但妆容依旧精致,举止依旧保持着她的体面和尊严,没有流露出一丝的狼狈。

程思华走进了林芮斯的办公室,随后轻轻关上门,两人分别落座。

林芮斯凝视了程思华许久,见她始终泰然自若,面不改色,终于忍不住冷冷地嘲讽道:"你真是个厉害的角色。"

程思华轻轻一笑,回应道:"您还是这么充满情绪。"

"现在只有我们两个人,何必再装模作样呢?看来姚意微是你那位好领导留给你的王牌。现在你把我挤走,终于如愿以偿了。"林芮斯继续讽刺道。

程思华并不想多做解释,这次姚意微的事件,公司里自然会有人猜测背后有顾清昀的影子。但即便顾清昀真的出手相助,那又如何?毕竟,用这样的条件说服姚意微留下,对公司来说是一件好事,并没有涉及任何不正当的交易。

"林总,您有没有想过,问题从来不在别人身上。您是如何一步步走到今天这个位子的,难道大家心里没数吗?我和顾总之间的关系清清白白,尚且免不了被人说三道四,更何况……"程思华深邃的目光落在林芮斯身上,语气中带着不言而喻的深意,"公司里的流言蜚语,从来就没停过。"

林芮斯睁大了眼睛,惊恐地盯着程思华,她的嘴唇失去了血色,哆哆嗦嗦地问:"你……你这是什么意思?"

程思华静静地凝视着林芮斯,沉默不语。那锐利的、清澈的、一眼望到底的目光,仿佛刺穿了林芮斯的灵魂深处。在这逼人的目光下,林芮斯感到自己内心的隐秘被一一揭开,灵魂感受到了一阵阵的灼烫。

"你以为我真的有选择吗?"林芮斯猛地站起身,神情中交织着愤怒与悲哀,"我当年日夜苦读,高考在县城里排名第六,我进入了顶尖大学,又在名校攻读研究生,毕业后我在职场上不断攀升。同为女性,你难道不明白我在职场上遭遇的重重困难吗?如果我不……我要努力多少年,你不明白吗?"

"不要将所有的困境简单地归咎于身为女性的无奈。"程思华直视林芮斯,声音中透露出一种从容的力量,"诚然,女性在职场中承受着额外的压力,但职场上的风浪,并非只有女性才需要面对。只要你不愿意,没有人能够强迫你做出违背内心的选择。实际上,是你选择了利用女性的身份,是你选择了物化自己。许多看似便捷的道路,最终可能成为最曲折的歧途。作为同样年轻的职场女性,我也曾面临与你相似的处境,也曾有过轻易可得的捷径,也曾有过许多可以告诉自己是迫不得已的时刻。但我没有和您做出一样的选择。"

林芮斯的眼睛里充满了血丝,她情绪激动地说:"你遇到了顾清昀这么好的一个上司,你当然可以轻描淡写!你怎么会知道,我根本没有选择的自由！"

程思华自嘲地笑了笑，语气中带着一丝苦涩："我真的轻松自由吗？我也曾觉得公司像一张巨大的网，紧紧束缚着我，所以我曾放弃了触手可及的市场部总监职位，选择离职，去追求自己心中的自由。但当我真正离开蓝海时，我才意识到自己的自我认知是多么不清晰，我高估了自己的位子。我的位置和价值，并不如我所以为的那样，是蓝海、是顾总，给了我太多的保护。外面的世界，变幻莫测的命运，一切的一切，都不是我曾想象的那样。

"营销的核心并不在于编织故事去吸引客户，那不过是锦上添花的手段。营销的根本，在于产品本身。做人不也是这样吗？所有的基础都建立在个人自身，包括能力、实力……而不是依赖于夸大其词或表面装饰，甚至不完全依赖于背景或学历。你应得的，自然会来。你能到达的地方，自然会到达。您在做人和营销上，都过于追求短期成效了。"

对话最终在林芮斯激动的声音中戛然而止——"我不需要你来教训我！"

程思华静静地离开了办公室，心中再次深刻体会到性格对命运的决定性影响。坦白说，如果换作是她站在林芮斯的位置上，她必然不会选择离职。没想到林芮斯年长她几岁，却依旧如此情绪化，让情绪左右自己的决策。

也许，每个人都有自己的命运，每个人都需要为自己的选择和命运负责，没有人能够改变另一个人，哪怕出于好意。

程思华终于坐在了市场部总监的办公室里。

目光穿过巨大的落地窗，眺望着繁华的上海，她的心中不禁遐想，许多年前，顾清昀第一次坐在这个位子上时，心里想着些什么。

是对未来光明前程的无限憧憬，是对周遭重重压力的深沉忧虑，是对早逝双亲深切的思念，还是对那段煎熬销售岁月的回忆，抑或是其他什么？

尽管无从得知当初的顾清昀心中的所思所想，尽管她和顾清昀之间的关系已经被她那冒失的问题变得不复从前，尽管无论工作还是生活，都有数不胜数的遗憾……但此时此刻，程思华清晰地感受到自己内心的宁静。

她曾经不计后果地告别公司，踏上了追求自由的征途，寻求那份唯有自己能够赋予的安全感，热切地希望通过自己的坚持和努力赢得成就感。生活给了她深刻的教训，但同时，她也感到自己无比幸运，能在如此年轻的时候经历这一切，并最终从中找到了成全自己的路。

如今，她不仅坐在了这个位子上，更是在迷茫中不断前行探索奔赴的过程中，意外地抓住了自己一直渴望的自由和安全感。

她所追求的自由和安全感，似乎就在这间办公室内，又似乎无处不在。一天天地，随着她生活的紧凑和内心的丰盈，弥漫在她生活的每一个角落。

一年多的时光匆匆流逝，顾清昀在瑞士出差长达两个月后，终于乘坐返回北京的航班降落。飞机刚一落地，他便在机场招了一辆出租车，直奔公司而去。

自然之选的创始人凌轩得知顾清昀的归来，直接走进了他的办公室。

"清昀啊,好久不见,瘦了!"凌轩拍了拍顾清昀的肩膀,随后笑呵呵地说道,"咱们公司现在规模越来越大,不能再让你这么辛苦,身兼数职了。最近,我帮你找了个市场部总监。"

"什么?"顾清昀一时间没反应过来。

"我们最近新招了一个市场部的总监,直接向你汇报。"凌轩补充道。

顾清昀惊讶地看着凌轩,半认真半开玩笑地说:"这么大的动静,怎么没人跟我说一声?我才出差两个月,你这是打算让我让位吗?"

凌轩朗声大笑,手亲昵地搭在顾清昀的肩膀上:"我哪敢有这想法,你可是我们的大股东。不过,这位新晋的市场部总监,可是经过层层筛选,最终脱颖而出的,我猜你一定会满意。当然了,如果你觉得不合适,我们还没正式签约,一切都还来得及,我充分尊重你的想法。"

"行了,我知道了。让他来见我吧,我亲自和他谈谈。"顾清昀微微皱眉,感到有些头疼。凌轩的行事风格总是这样,充满冒险精神,虽然在某些方面,尤其是与一些守旧的公司高管相比,这无疑是个优点,但也让他措手不及了好几次。

凌轩离开顾清昀的办公室后,顾清昀坐在办公椅上,闭目养神,轻轻揉着太阳穴,思索着该如何考验这位总裁亲自选定的市场部负责人。

门被轻轻推开又随即关上,顾清昀睁开眼睛,锐利的目光在看到缓缓走近的人时,瞬间变得极为震惊。

"你……你就是凌总拟聘的市场部总监?"顾清昀结结巴巴地问道。

"没错,我辞去了工作,来到了北京。"程思华轻轻一笑。

"你辞职了?"顾清昀霍然起身,快步走到程思华跟前,目光锁住她,语气中满是难以置信的责问,"你在蓝海干了整整六年,终于取得这样的成绩,怎么能说放弃就放弃?你疯了吗?实在糊涂!"

顾清昀气得说不出话来。

顾清昀对程思华与梁永之间的那场业绩对赌早有所闻,那是一场几乎所有人都认为不可能赢的赌局,但程思华却在短短七个月内,以她那近乎传奇般的决策能力和执行力,赢得了这场对赌。在蓝海集团,她根基深厚、枝繁叶茂,既能让梁永心悦诚服,也能让市场部的团队对她忠心耿耿,离首席营销官的职位仅一步之遥。然而,她竟然放弃了这一切,选择了来到北京重新开始。

"顾清昀,我一点也不糊涂!"程思华迎上他的目光,毫不退让地反驳。

"我不懂,你在蓝海所拥有的一切,不正是你梦寐以求的吗?即便你渴望自由,你现在也有了足够的资本去创业。为什么要选择来这里,重新开始?"顾清昀的声音中充满了不解。

"你说为什么?"程思华心头也来了气,瞪着他,反问道。

"我……我不值得你这么做。"顾清昀的声音微微颤抖,他紧握的拳头和微红的眼眶透露出他正在努力控制自己的情绪,那是一种长久以来压抑在他灵魂深处的悲伤,此刻几乎要溢出他的心里。

"我所追求的自由，从来不在别处，它不关乎是否创业，也不在于任何头衔。它根植于我自身，在我日益坚定而强大的内心之中。我最不缺的，就是重新开始的勇气。我之所以来到北京，选择加入你们公司，并非为了追随你，而是为了我自己。这家公司有着超越蓝海的潜力，而你，哪怕我们的关系仅限于职场上的上下级，我相信你能教给我的东西、给予我的尊重都会远超梁永或何志宏，我能在这里获得更广阔的发展空间和更丰厚的回报。"

"仅仅如此吗？"顾清昀失神地看着眼前的女孩，从什么时候开始，那个曾经小小的嫩芽，已经长成了一棵足以和他比肩的参天大树。艰难拔节的漫长岁月里，有多少日子，她自己在黑暗里苦苦挣扎过，她的生命是何等的旺盛、蓬勃。想到此，顾清昀胸口发烫，无比疼痛。

"顾清昀，"程思华凝视着他的双眼说道，"你也是我想追求的自由的一部分。选择爱你，是我自己的决定，是我的自由，是我能力的体现，我也准备好承担这个选择可能带来的一切后果。"

顾清昀终于按捺不住内心汹涌的情感，程思华放弃了上海的一切，跨越千里来到北京，来到他身边，这曾是他梦中无数次描绘的场景。此刻，他怎能退缩不前。

他迈步向前，用尽全力将程思华紧紧拥入怀中。

"思华，我没有你这样勇敢，我害怕。我忍不住靠近你，却又担心我的爱会成为你的负担，我害怕我们之间十年的代沟会让你有朝一日感到后悔，我害怕我灵魂里一些不完美和尖锐的棱角会伤害到你。我是这样爱你，我只希望你能拥有幸福的生活，拥有充满希望的未来。"顾清昀的声音中透露出前所未有的柔情和混乱，这是他第一次意识到，向来冷静自持的自己，竟也有如此絮叨、言辞无序的一面。

"幸福的生活？充满希望的未来？"程思华靠在他的胸膛，轻声反问道，声音里带着一丝笑意。

"你所向往的美好生活，是怎样的画面呢？"顾清昀忍不住问道。

"或许，只是一棵黄皮树，一棵小桃树，还有一朵养得不太好的花。"她声音柔和中带着几分安宁，"对了，还有你。"程思华轻轻地踮起脚尖，脸颊轻轻擦过顾清昀的面庞。那一瞬间，顾清昀心跳犹如轰鸣。

后记　自由从不在他处

何谓离岸？在这个故事里，似乎就程思华26岁时的那场"离家出走"。

回望26岁的那个冬天，也是程思华人生的冬天，如果重来一次，她到底还会不会做出离开蓝海集团的决定。那个在职场里26岁的年轻女孩在想些什么，又在担忧些什么呢？

她曾经依赖过很多，依赖过父母，依赖过职业生涯的第一个伯乐，依赖过运气，当然也必曾依赖过在工作里得到的那些虚幻的却充实过她内心的权力、光环，依赖过一些人指缝间的施舍，以及那个曾经相爱了八年以为永远也不会分开的男人……所有的寄托最终逐一瓦解，这些她曾依赖过的，最终一场又一场幻灭。

程思华所做到的，就是在这些试图击溃她的幻灭中，不死去，活着。

她是一个如此富有韧性而又充满了热烈的勇气的女孩。

从多次实习，到还未正式毕业就正式踏入职场，再到如今，在一家投资银行里从事着我的第二份工作，虽然二十多年的短暂人生里也只有三年多短暂的工作经验，其实我也和程思华一样无数次追问过自己：工作的意义何在，自由又究竟藏于何方？

离职的念头，也曾在我的内心深处反复翻腾不息。尤其是那些在工作中感到筋疲力尽、迷茫失措、心灰意冷，乃至绝望至深的时刻……我一次又一次地渴望打破职场的桎梏，去追求那种无拘无束、自由自在的生活，那种可以随心所欲、游历四方的生活，那似乎也是许多人梦寐以求的生活。

然而，随着我在职场的跳槽、发展和成长，随着成就感的日渐累积，某一个周末当我在家中，突然感受到一种空虚和不适时，我第一次开始想念我的工作，想念那热气腾腾的办公氛围和那些越来越熟悉的同事们。那一刻，我感到了迷茫——

没有工作，摆脱了公司的束缚，没有了领导和KPI的压力，过上一种无忧无虑、四处游玩的生活，我真的会感到快乐吗？这真的是我一直在追求的自由吗？在公司里朝九晚五地工作，生活虽然紧凑却充实，难道这就等同于失去自由吗？

在不断地体验和成长中，我开始重新审视并更新自己对自由的理解。

程思华的许多困惑、心路历程，都从我自身演化而来，她也是身为作者的我，为自己树立的职场中的榜样。

就在我创作这个小说的过程中，在我书写出程思华人生的过程中，某一个瞬间，我突然在程思华和顾清昀的身上找到了自己心中关于职场、人生、意义、自由等诸多问题的答案。

我所期待的自由，原来并不是浮于表面的无拘无束，而是深植于内心的掌控感，它藏在每一个全情投入的当下，每一个"我选择、我承担"的瞬间，藏在眼前这片被热爱照亮的土地之上。当脚步不再被"必须到达的远方"裹挟，当目光聚焦于"此刻正在生长的热爱"，自由便从心底破土而出。

很长一段时间中，职场中的程思华也感到不自由，她天真地以为自己被困在这一方天地中，却在人生被撕裂又重塑后发现，自由从来不在别处，正在蓝海集团她那小小方寸的工位之间。她用漫长的岁月和心血精心浇灌此处，并最终在此处开出了热烈斑斓的花。

自由在何处，从来都在自己的心里，自己的手中，在自己的灵魂和天地之间，而不在看起来辽阔的外部大千世界里。

人生充满了无限的可能性，伴随着形形色色的选择。将人生的每一步，无论对错，都活得精彩，不仅是一种能力，更是一种心态。就像程思华和顾清昀，他们总有能力，让自己一切的选择，都变成正确的选择。人生的每一步、每一个转折点、每一种选择，本就没有绝对的对错。从来没有真正安全或者说正确的岸边，离岸不一定意味着溺死，不离岸也不意味着不得自由、身在束缚。

正如我所在的职场，尽管有过崩溃的瞬间，但我热爱我的工作，热爱我所在的公司和办公环境，这一点是毫无疑问的。或许我过于天真，或许这种感觉将来会改变，或许我也会像许多同行一样面临裁员，或许有一天，我也会像程思华一样踏上新的"离岸"之旅，但那又如何？此时此刻的热烈和爱是如此真实的，我相信这也是我能力的一部分，这一切加深了我面对生活和工作时内心的幸福，而这，正是生活的真谛，幸福的真谛，也是自由的真谛。

程思华的一系列选择，看似错误，最终却构成了她绚烂又充满遗憾的人生，而那正是她深爱的人生。

  人生多到数不清的转折点和可能性中，谁又知道什么选择，是对是错？

  总要有力量，穿过荆棘，让一切的选择，变成正确的选择。

  最终，自己成全自己。

2024 年 12 月 20 日